碧水深涡

陈先发四十年诗选

陈先发 著

Green Waters, Deep Swirls

江苏凤凰文艺出版社
JIANGSU PHOENIX LITERATURE AND
ART PUBLISHING

图书在版编目（CIP）数据

碧水深涡：陈先发四十年诗选 / 陈先发著.
南京：江苏凤凰文艺出版社，2025.8（2025.9重印）.
-- ISBN 978-7-5594-7605-0

Ⅰ. I227

中国国家版本馆CIP数据核字第2025JQ1388号

碧水深涡：陈先发四十年诗选

陈先发　著

出 版 人	张在健
策划编辑	于奎潮
责任编辑	孙楚楚
特约编辑	王婉君
封面摄影	皮一夏
装帧设计	周伟伟
责任印制	杨　丹
出版发行	江苏凤凰文艺出版社
	南京市中央路165号，邮编：210009
网　　址	http://www.jswenyi.com
印　　刷	苏州市越洋印刷有限公司
开　　本	880毫米×1230毫米　1/32
印　　张	13.5
字　　数	270千字
版　　次	2025年8月第1版
印　　次	2025年9月第2次印刷
书　　号	ISBN 978-7-5594-7605-0
定　　价	68.00元

江苏凤凰文艺版图书凡印制、装订错误，可向出版社调换，联系电话 025-83280257

目 录

001……与清风书
005……树枝不会折断
007……荷　花
008……远　眺
010……雨：喑哑之物
012……嗯　哨
014……除　夕
016……芜湖港
018……白云浮动
019……散　歌
020……风　景
021……大雁塔
022……登天柱山
023……鼹　鼠
024……拉魂腔
026……扬之水
032……低　语
034……冬日雀群
035……桥头异事
036……纪念1991年以前的皂太村
037……北风起
038……构　图

039...... 丹青见

040...... 前　世

042...... 从达摩到慧能的逻辑学研究

043...... 隐身术之歌

044...... 最后一课

045...... 青蝙蝠

046...... 秋日会

047...... 鱼篓令

048...... 街边的训诫

049...... 我是六棱形的

050...... 端　午

051...... 悼亡辞

052...... 偏头痛

053...... 两条蛇

054...... 残简（选节）

062...... 秩序的顶点

063...... 中秋，忆无常

064...... 黄河史

065...... 甲壳虫

066...... 伤别赋

067...... 逍遥津公园纪事

069...... 母亲本纪

070...... 木糖醇

071...... 嗜药者的马桶深处

072...... 陈绘水浒（选四）

075...... 村居课

076...... 白头与过往

088...... 你们，街道

100...... 新割草机

101...... 口腔医院

117...... 翠　鸟

118...... 十字架上的鸡冠

120...... 湖　边

121...... 银锭桥

122...... 两次短跑

123...... 不　测

124...... 正月十五与朋友同游合肥明教寺

126...... 晚安，菊花

128...... 伐　桦

130...... 听儿子在隔壁初弹肖邦

131...... 怀　人

133...... 孤　峰

135...... 可以缩小的棍棒

137...... 难咽的粽子

139...... 暴雨频来

141...... 本体论

143...... 良　马

145...... 芹菜之光

147...... 写碑之心

160...... 硬　壳

162...... 与顾宇罗亮在菲比酒吧夜撰

164...... 颂九章

175...... 两种谬误

177...... 两僧传

179......石头记

181......驳詹姆斯·赖特有关轮回的偏见

183......拉芳舍

185......菠菜帖

187......苹　果

189......夜间的一切

191......失去的四两

192......秋兴九章(选六)

199......杂咏九章(选八)

209......寒江帖九章(选四)

214......遂宁九章

224......大别山瓜瓞之名九章(选三)

228......横琴岛九章(选七)

236......裂隙九章(选四)

240......不可说九章(选三)

244......茅山格物九章(选三)

248......入洞庭九章(选三)

252......黄钟入室九章(选五)

256......脏水中的玫瑰九章(选四)

259......叶落满坡九章(选四)

263......白头鸭鸟九章(选七)

269......敬亭假托兼怀谢朓九章(选五)

274......扬州：物哀曲

275......知不死记九章(选七)

283......一枝黄花

285......零

286......止　息

287......再均衡

288......羞　辱

290......裸　露

291......土　壤

293......春　雨

294......匮　乏

296......瘦西湖

297......云泥九章

306......月朗星稀九章

315......博物馆之暮

317......为弘一法师纪念馆前的枯树而作

319......万安渡桥头

321......一日七札

326......空椅子

328......双　樱

329......久违了康德先生

330......巨石为冠

331......无我的残缺

332......顺河而下

333......击壤歌：寄雷平阳

334......红薯的百年一梦

336......一本旧书

338......芥末须弥：寄胡亮

339......泡沫七首

347......枯七首

354......灰暗的广袤

355......双河溶洞

361...... 风七首

369...... 霜降七段：过古临涣忆嵇康

374...... 了忽焉

390...... 羸弱之时

391...... 旧宇新寰

392...... 理想国

393...... 在震耳欲聋的噪声中席地而坐

395...... 退烧药

396...... 内在旋律

397...... 空驳船

398...... 孤月图鉴

400...... 翡　翠

402...... 现象是有限的光源

403...... 邵洵美的饭局

405...... 钢铁疲劳

406...... 王维与李白为何老死不相往来

408...... 云　游

409...... 癸卯年腊月记事

411...... 若缺书房

412...... 优钵罗花

414...... 登燕子矶临江而作

415...... 云团恍惚

417...... 冷　杉

418...... 鼋头渚鸟鸣读本

420...... 陈先发文学年表

与清风书

一

我想活在一个儒侠并举的中国。
从此窗望出
含烟的村镇，细雨中的寺顶
河边抓虾的小孩
枝头长叹的鸟儿
一切，有着各安天命的和谐。
我会演出一个女子破茧化蝶的旧戏
也会摆出松下怪诞的棋局
我的老师采药去了
桌上
他画下的枯荷浓墨未干。
我要把小院中的
这一炉茶
煮得像剑客的血一样沸腾。
夜晚
当长长的星座像
一阵春风拂过

夹着几声清凉鸟鸣的大地在波动
我绿色深沉的心也在波动
我会起身
去看流水
我会离琴声更近一点
也会在漫无所终的小路上
走得更远一点

二

蛙鸣里的稻荏
瓜藤上的枯荣
草间虫吟的乐队奏着轮回。
这一切,
哦,这一切……
我仿佛耗完了我向阳的一面
正迎头撞上自己坚硬又幽暗的内心。
我闻到地底烈士遗骨的香气
它也正是我这颗心的香气
在湖面,歌泣且展开着的
这颗心
正接受湖水缓慢、苍凉的渗透

三

三月朝我的庭中呕着它青春的胆汁。

这清风

正是放弃了它自己

才可以刮得这么远

这清风直接刮穿了我的肉体：

一种欲腾又止的人生

一种怀着戒律的人生

一颗刻着诗句的心

一阵藏着狮子吼的寂静。

这清风

要一直刮到那毫无意义的远中之远

像一颗因绝望才显现了蔚蓝的泪滴

四

故国的日落

有我熟知的凛冽。

景物像旧卷轴一般展开了：

八大的枯枝

苦禅的山水，伯年的爱鹅图

凝敛着清冷的旋律

确切的忍受——

我的父母沉睡在这样的黑夜

当流星搬运着鸟儿的尸骸

当种子在地底转动它凄冷的记忆力

看看这，桥头的霜，蛇状长堤

三两个辛酸的小村子

如此空寂

恰能承担往事和幽灵

也恰好捡起满地宿命论的钥匙

1986年2月写

2012年7月改

树枝不会折断

树枝不会折断,它从一切物质里
带出芳香
熏陶了我的前额

树枝不会折断,也不会
把七月里溺水的灵魂送回家乡
它甚至不会把海底的铜
捞上来
擦洗得又湿又亮
树枝进入我的瞳仁之前不会折断
它缠绕废墟上裂开的
石像如同农人缠绕正烂掉的麦粒
被埋过又长出地面的人看得更远

潮透的叶子积存岁月的宁静
树枝断了,那么我是谁呢
我为谁避开这直灌顶心的雨点
我为谁在这冷僻林中踩出
小道一条? 树枝长在我的桌上
谁去这小道

再走了一遍谁就最懂得死亡

握着我的树枝到诗歌里去
为它一哭,我前后彷徨

       1987 年 10 月写
       1993 年 12 月改

荷 花

小小的鱼围着荷花入睡
压住喧响,梦里扇动最沉的水

"这唯一被反复咀嚼又能穿透的
只有死的寂静……"

六月的池塘像一只空杯子,空气
稀薄而闷热
太阳照着鱼小小的睡眠
有时我想
草的骸骨进了秋天,也就这么无声无息

烧得太红的荷花,你这水的骨头
女儿的骨头
撑着鱼小小的幸福
哪一天倒塌? 我一辈子都不知道我是谁
只有静守六月的畏惧
等鱼醒来,绕着荷花的双膝歌唱

1988

远　眺

移动的玻璃中我眺望落日
这晚秋的野柿树，多么熟悉
但她的果实正在腐烂

从歙县往西，铁轨在雾中闪亮
命定之路哦
盲目的奔走今天要到达终点……
我坐的是傍晚的闷罐车
我坐的是残余的烈火
车窗在我假寐的梦境余光中摇晃

看啊！　落日绕膝
群峰清凉如水
皂太村①远了
离枝的新果正拍击大地。
金川街的吴屠户远了
他巡夜的眼睛过于犀利——
旧衣领上的鸡粪味儿

---

① 位于皖浙交界处的歙县群山中的一个村子，作者曾在此蹲点。

浓一点，再浓一点吧
我心底的千杯万盏即将注满、溢出
别送了，乡亲们
多么美好的一天
晚风承受了我的无言，直到夜色弥漫

           1990 年 10 月写
           2009 年改

雨:喑哑之物

"这场雨落在迦太基庭院里"
微小的积水被花枝掀翻
整个夏季
炎热使孩子从梦中脱身——
仿佛一个哑谜,把无知的时光隔断
仿佛我痴心的远眺
只不过抵达了风景的一半
而在另一侧
去年盛夏,当雨水滑下碧绿的葡萄架
发亮的铁轨在桥上交叉
河水慢慢聚集
发亮哦无知的时光
仿佛镜中之河,就要找到大海
爱情之夜就要筵席散尽

回忆里的面容,停在变幻中
仿佛墙上的两块砖:
焦躁的我和这场雨,偶然被砌在一起
一宿的自言自语就能使它倒塌
每年的夏季

雨漫天落着,从迦太基到西藏
从石廊、修萝花到牛头和草场
稠密的雨点一串银白
仿佛把十三省孤独的小水电站连成一片
在我和远方之间
又仿佛鸿沟不曾有过

发亮哦无知的时光
当这场雨落下,雨中之物
草木的喑哑
就要飞起,就要唱出烈火的歌吟
我的灵魂将随她无声远走

1991.5

唢　哨

晨曦的枣红正收缩
在歙县，新安江畔，疼痛正收缩
当巴茅草黛青　松林恬静
当幼鹰从晴空滑过

匆匆路过的客人
告诉我，什么是时光的必然之手？
她把新安江梳成清亮流沙
一把流沙
一腔浮萍般的无根之爱……
深山的唢哨
知命的远客
我有无端端的几行字
压在舌根之下
几年了，像一把缄默的流沙疾逝

新安江畔　野樱花逆水而开
一种春光掉在地上
一种坠落的心情拂在脑后

当远山涌伏　晨曦静照
巴茅啊，为何我从不歌唱

1991 年 5 月写
2001 年改

除 夕

这一夜栖落冥世枝丫
命硬的孩子一路尖叫
脑袋在爆竹中开花
风俗满街锻打红布的无头童尸

而在静静山巅,幽灵呆望故乡
额际堆积禁忌的盐粒。坐吧,请——
用宿命,也用苦痛
多少事物悄然纵身复活之渠

长绸紧束的镜中,影子正敲钟
那昏暗中闪现了
泥炭、树木、曙光和云团……
于生命我有太多头颅,太多形象

今夜请一齐涌来吧! 如深陷我身的
长风吹过。那杳杳的
招魂的一阵旧时代焦渴拂过
袖中镂空的烛火猛显突兀

吹吧！ 明日田园将是自杀的田园

吹吧！ 请——

刻下这寒冷的最后一夜

黄土猎猎，凡经死亡之物终将青碧丛丛

1993.1

芜湖港

这些工人　这些光脑壳的浪子
这些繁昌县的商贩们
此刻挤满轮渡的大甲板
过江，横穿嘶哑的西风

再过片刻　黑夜将吸走码头
煤屑染黑的大片仓房
车灯煞亮　人群散失——
露宿街角的人　铺开无言的老棉被

承受楼隙漏下的星光的照耀。
梦中刮来旧形状的
欢乐和痛苦
快点！亲爱的孩子　得赶上
再过片刻　幽灵将布满芜湖港上空
总有种东西那么……
她占有！满街都躲着　忍着
树木因惧怕投下阴影

汽车错牙、摇晃、心在抽搐

再过片刻　那万千波涛下
贫血器皿的咒语就要烧着……
快点！　亲爱的孩子

一次，又一次
渡过乌有的长江
我乘坐虚空号轮船　仿佛回到
永在岸边等待的古老岁月

1993.2

白云浮动

白云浮动,有最深沉的技艺
梅花亿万次来到人间

田野上,我曾见诸鸟远去
却从未见她们归来
她们鹅黄、淡紫或蘸漆的羽毛
她们悲欣交集的眉尖

诸鸟中,有霸王
也有虞姬

白云和诸鸟啊
我是你们的儿子和父亲
我是你们拆不散的骨和肉
你们再也认不得我,再也记不起我了

1993.3

散　歌

历尽刀锋的山冈矮了
失血过多的河流永不迷途

独善其身的审判者来了
与双颊悲凉的刽子手一斟一饮

劫运度过的鸽子飞走了
云霄中，她剔骨的幻觉正分崩离析

泪溅廊亭的仆人死了
用于拯救的戏剧被反复篡改

春日犀利的男人溃烂了
他陷于残冬的雕刻必将更美

入殓师的袋口收紧了
江河水洗净的灵魂勤于交换

哽在喉咙的老虎再也吐不出了
被我消磨的猎手已无影无踪

1994年6月写
2006年改

风　景

对因果的谈论,增加了夏日浓荫
它所提供的庇护,要到下午五六点钟才会散去
新挖的沟渠里,游来小鱼
它被不可言喻的河水,哺育着

我趴在窗口看松
落在颈间的影子
慢慢锯着我的头
一阵恍惚,满含放弃
有时,远山突然地涌进窗内,跟我长在一起
期待那暮年诗篇
像长夜把星相
印在池塘水面

1997.7

大雁塔

木梯转出嗜啖蛋黄的农民
他说：我跨过五个省来看你
一路上玩着、饿着指尖的大雁塔
多年前
他是唐僧——
为塔迎来了垂直的那个人，那种悲悯

耳中炎热的桑葚，
仿佛流出了倾听的蜜汁。
我长久沉默着，又像在奋力锯开
内心纠缠的塔影
再也回不去了
我们在同一轮明月下，刚刚出生时的皎洁
我们在同一盖松冠下，天狼星发凉的盔甲

1997.7

登天柱山

山林有极权般寂静
巨石之上蚁队黑亮
白云间晃动着先行者的人头
像无人摘取的浆果,正冰冷地烂掉

草丛间飞出了蝴蝶
无非是姓梁,无非是姓祝。
他们斑斓的皮
像一声苦笑

依我看,这镌刻于山崖上
松枝上、寺门上的诗句
不过是一些光阴虚掷的痕迹
涧泉所吟,松涛所唱,无非是那消逝二字

连这暮色的寡淡四拢
也合着心灵无限缓慢的节奏
仿佛不曾攀缘,是凭空降临这峰顶
一次次被掀翻的,莫须有的峰顶

1997.10

鼹　鼠

这是驶向老矿区的闷罐车。
一个用工具箱垫着断腿的
工人,被油污的鸭舌帽削去了半边脸
他止不住地打着呵欠……
空气中流动着馊汗、老白干和内裤的气味。
一个戴眼镜的中年男子突兀地拔高嗓子:
"怎么啦,难道炮灰不是我们"
更多的嘀咕憋在冰层下面
像隐秘的弱电流刺穿肢体
嘘——嘘,一个穿绿绸戏服的女子
捂着脸冲过车厢。一个猴面的
孩子一边哭着追,一边猛啃着甜橙

窗外。盛夏正在浓密斜坡上发生
簇簇小黄花煞亮
狗,扒开可口可乐罐、晚报和死鼹鼠
在肥美的水草间找到了早餐

1998年5月写
2005年改

拉魂腔

从瓦砾中你会找到一些夹棍、烧焦的
惊堂木，或虎头铡的残片
夜间耳贴断墙，你还能听到地底的拉魂腔①。
布鞋在戏台轻移的飒飒声。你
会害怕吗——

一个农民快饿死了但他仍要看戏，并
幸福地抹着眼泪，直到他真的被饿死。这些
赤脚坐在门槛上、墙头上、炊烟上的
人们，看戏是
他们清算因果的大事业。"两丈黄绫捆住
的锰钢铡刀，断阴阳，斩龙袍。
脸上抹着草木灰，十步内铲除奸人。"他们像真的
杀了人一样龇着牙，抖动身子笑着

戏中有个香皂般的人吸引着农妇的假鼻子。
她们甚至被垄上的蝴蝶乱了心，"命苦的
祝英台——"她们恨着，想起自己的黄花时代

---
① 拉魂腔：淮河一带的地方戏，又叫泗州戏。

举着锄头好一阵子惆怅。
年年春尽,每个村子有
一个跟戏子私奔的少女
欲望的乳头像红嘴鸥剖开世俗的风浪……
每个村子也建一座必将被大火烧毁的戏台

农民唯在戏的牛眼中,见到善恶必报的天堂。
有时我想,他们大病似的沉默仿佛
在等一剂曲终的良药。
对于骑在楝树杈上的儿子们,一句台词凝固成了
他们教科书的洁白大厦
在牛尿般流畅的城市大街上他们内心的
气味从蹩脚西装中闪出来。我爱这种气味:
"Eppur si muove!"
(它仍在转动着。伽利略写于 1632 年)
戏中断头台流出了真血的气息和
风吹桦叶般鬼魂的笑声。
散了哦,都散了——
唯有寒风中看戏的、父亲们的枯骨久久不肯倒下

1998 年 6 月写
2005 年改

扬之水

1

炊烟散去了,仍是炊烟
它的味道不属于任何人
这么淡的东西,无法描绘

2

天气清新得像一场大病初愈

3

石头在河流中
一点点融化着
我埋在心底的仇恨
最终也将化为积雪

跟我一起渡河的少女
对着深深河水发呆

有的在长羽毛,有的在长鳞片

4

早晨我沦陷于鸟鸣的
坛子
怎么也出不来了
难道我能做的,只是
在这鹦鹉体内叙述鹦鹉
在这斑鸠体内叙述斑鸠?
我想老去,但被制止

5

路旁,顶着残雪的座座农舍
都有过令人难忘的宴席

6

赤着脚,躲开暴雨、旧制度和
官吏

7

蜘蛛无处不在。
像蜘蛛一样,一辈子

连一次战栗都不曾有过

8

梨花点点,白如报应

9

石栗,变叶木,蜂腰榕
石山巴豆,麒麟冠,猫眼草,泽漆
甘遂,续随子,高山积雪,铁海棠
千根草,红背桂花,鸡尾木,多裂麻疯树
红雀珊瑚,乌桕,油桐,火殃勒
芫花,结香,狼毒,了哥王,土沉香
细轴芫,苏木,红芽大戟,猪殃殃
黄毛豆腐柴,假连翘,射干,鸢尾
银粉背蕨,黄花铁线莲,金果榄,曼陀罗
三梭,红凤仙花,剪刀股,坚荚树
阔叶猕猴桃,海南蒌,苦杏仁,怀牛膝。
四十四种有毒植物
我曾一一爱过她们

10

我极目远眺其实一无所见
鞋子破了

千山万水仅用于点灯

11

醉心于一元论的窗下，看雕花之手废去，徒留下花园的偏见与
花朵的无行。有人凶狠，筑坟头饮酒，在光与影的交替中授我以
老天堂的平静。谢谢你，我不用隐喻也能活下去了，我不用眼睛
也能确认必将长成绞刑架的树木了。且有嘴唇向下，咬断麒麟
授我以春风的不可控，在小镇上，尽享着风起花落的格律与无畏。

12

自古至今，从河中跃出的是同一条鱼
但我们不再拥有同一双眼睛

13

鱼在晚餐的菜篮子中沦陷有多深
它身上被遮蔽的
河水，就有多深

14

秋天
四周滚动黑色的浆果
桦树涌向山顶，变成椴木

有人跑着
逆光的脸烧成了灰烬

15

少女与骷髅是两个词
但骷髅，从来不是少女的身外物
这句话的要义在于
我们从不向自身哭诉别离

16

苦楝生在茂密南岸
去年折枝之处，今年又失去一截

鸫鸟，你漆黑一团的瞳孔
为何总在盯着我

17

散步。抬头忽见弦月。很奇怪的感觉
仿佛此生第一次见她
就这么站了很久
又被风吹醒了……
万物如此完美，这正是我的困境

18

这么多滩涂、山川、岛屿无人描绘
这么深的淡水湖泊空映白头
许多物种消失了
许多人尸骨无存
我来得太迟了

1998 年 11 月写
2003 年改

低　语

桦树、榆树、乌桕的叶子盘旋，落下。
河水清洗着我们的怪癖。
那锈蚀之物中曾伸出温暖的手
而今她沉没，在李白吟诵过的碧波里

为即将沦丧的耳朵，我们赶制琴弦
为蓝图里最饿的一张嘴，栽种马铃薯
在乡村，在碎石砌成的拱廊
在油污的车间，在荒芜的星群背面

这双手中，已消耗了无数双手
而捧出的仍这么少
仰起的脸又被暮色埋得这么深

低语的草原连接星光下草垛的来临
针对昆虫之耳，这夜空的合唱过于璀璨
旧的棋局，旧的方式
人，显出特有的凋零

越积越重的文字之下

绝望窗口掠过多少雁阵

我是山河中悲凉的男子

也是刚刚挣断了绞索的新人

1999年9月写

2002年改

冬日雀群

旷野电线上呆滞的雀群
是乡村灵魂的无限建筑
洪水般的雀群从哪里
来？又为何永不离去
仿佛一旦飞掉，冬日乡村就会崩塌

太久了，寂静把它们
的心磨得发亮。
在溅满泪痕的小脸上
磨出了和祖父一模一样的眼神

夜晚，狗恶酒酸的小村子
冲出几点贫寒得发抖的灯火
冲出几声狗吠
仍然吓不走它们

太久了
村庄像暮色中的雀群昏厥着

2000.12

桥头异事

银针灌顶,打回原形
跃入你怀中的这条鱼
正是你南宋桥头的娘子哦
而此世的妻子,正打电话来
通过电磁波讲述她的痛苦
讲着空了几天的煤气罐
和令人厌烦的坏天气
讲她的乳腺癌,和
反复梦见的一条鱼
电线那头,她哽咽着
绿荫里仿佛相知。
她涌出泪水让鱼的瞎眼复明

2001.6

纪念 1991 年以前的皂太村

我能追溯的源头，到此为止。
溪水来自苔痕久积的密林和石缝
夜里的虫吟、鸟鸣和星子，一齐往下滴
你仰着脸就能寂静飞起
而我只习惯于埋头，满山抄写碑文。
有些碑石，新抹了泥，像是地底冤魂
自己涂上的，作了令人惊心的修改。
康熙以来，皂太村以宰畜为生
山脚下世代起伏蓄满肥猪的原野
刀下嚎叫把月亮冲刷得煞白，畜牲们
奔突而出，在雨水中获得新生
但我编撰的碑文暂时不能概括它们。
此峰雄踞歙县，海拔 1850 米多一点。我站上去
海拔霎时抬高到 1852 米。它立誓：
决不与更高山峰碰面，也不逐流而下
把自己融解于稀薄的海水之中

2003.6

北风起

雪越大,谷仓就越黑。田畴消失
穷人终于得到一丁点安宁,他举着煤油灯
攀上梯子,数着囤中的谷粒
此刻他不会走下梯子:泥泞尚未形成
鞭子垂在锈中,头颅割下,也只能闲着
不能到地下长出果实。一切只待春风吹起
谷物运向远方,养活一些人
谷物中的战栗,养活另一些人

2004.11

构　图

他坐在夏日庭院打盹，耳中
流出了紫黑的桑葚和蝉鸣
一条铁丝绑着齿间白桦围成的栅栏
鼻孔翕动，掉下一小截烧焦的
椴木。这样的结构真难啊，左上角的
大片天空，湛蓝，却生着虫眼
可以推断这一年蝗灾很凶，天也干燥
一院子的杏树不结杏子，只长出
达利①焦黄的眼珠。能窥见的室内
清风缠绕着桌上的《航海日志》
久久不忍离去，它的封面绘着庭院
有人貌似打盹，其实早已死去
书中有一个雕花木匣，木匣内有一个
镶嵌铁盒，铁盒内有一个纯白纸杯
纸杯内安放他生前难以饮尽的
半杯海水。海水布满我大志未酬的虫眼

2004.11

---

① 达利（1904—1989），西班牙超现实主义画家。

丹青见

桤木，白松，榆树和水杉，高于接骨木、紫荆
铁皮桂和香樟。湖水被秋天挽着向上，针叶林高于
阔叶林，野杜仲高于乱蓬蓬的剑麻。如果
湖水暗涨，柞木将高于紫檀。鸟鸣，一声接一声地
溶化着。蛇的舌头如受电击，她从锁眼中窥见的桦树
高于从旋转着的玻璃中，窥见的桦树。
死人眼中的桦树，高于生者眼中的桦树。
制成棺木的桦树，高于制成提琴的桦树。

2004

前 世

要逃，就干脆逃到蝴蝶的体内去

不必再咬着牙，打翻父母的阴谋和药汁

不必等到血都吐尽了

要为敌，就干脆与整个人类为敌

他哗的一下脱掉了蘸墨的青袍

脱掉了一层皮

脱掉了内心朝飞暮倦的长亭短亭

脱掉了云和水

这情节确实令人震悚：他如此轻易地

又脱掉了自己的骨头

我无限眷恋的最后一幕是：他们纵身一跃

在枝头等了亿年的蝴蝶浑身一颤

暗叫道：来了！

这一夜明月低于屋檐

碧溪潮生两岸

只有一句尚未忘记

她忍住百感交集的泪水

把左翅朝下压了压,往前一伸
说:梁兄,请了
请了——

2004

从达摩到慧能的逻辑学研究

面壁者坐在一把尺子
和一堵墙
之间
他向哪边移动一点,哪边的木头
就会裂开

(假设这尺子是相对的
又掉下来,很难开口)

为了破壁他生得丑
为了破壁他种下了
两畦青菜

2004

隐身术之歌

窗外,三三两两的鸟鸣
找不到源头
一天的繁星找不到源头
街头嘈杂,樟树呜呜地哭着
拖拉机呜呜地哭着
妓女和医生呜呜地哭着
春水碧绿,备受折磨
他茫然地站立
像从一场失败的隐身术中醒来

2004

最后一课

那时的春天稠密,难以搅动,野油菜花
翻山越岭。蜜蜂嗡嗡的甜,挂在明亮的视觉里
一十三省孤独的小水电站,都在发电。而她
依然没来。你抱着村部黑色的摇把电话
嘴唇发紫,簌簌直抖。你现在的样子
比五十年代要瘦削得多了。仍旧是蓝卡其布中山装
梳分头,浓眉上落着粉笔灰
要在日落前为病中的女孩补上最后一课
你夹着纸伞,穿过春末寂静的田埂,作为
一个逝去多年的人,你身子很轻,泥泞不会溅上裤脚

2004

青蝙蝠

那些年我们在胸口刺青龙、青蝙蝠,没日没夜地
喝酒。到屠宰厂后门的江堤,看醉醺醺的落日
江水生了锈地浑浊,浩大,震动心灵
夕光一抹,像上了《锁麟囊》铿锵的油彩
去死吧,流水;去死吧,世界整肃的秩序
我们喝着,闹着,等下一个落日平静地降临。它
平静地降临,在运矿石的铁驳船的后面,年复一年
眼睁睁看着我们垮了。我们开始谈到了结局:
谁? 第一个随它葬到江底;谁坚守到最后,孤零零的
一个,在江堤上。屠宰厂的后门改做了前门
而我们赞颂流逝的词,再也不敢说出了
只默默地斟饮,看薄暮的蝙蝠翻飞
等着它把我们彻底抹去。一个也不剩

2004

秋日会

她低绾发髻,绿裙妖娆,有时从湖水中
直接穿行而过,抵达对岸,榛树丛里的小石凳
我造景的手段,取自魏晋:浓密要上升为疏朗
竹子取代黄杨,但相逢的场面必须是日常的
小石凳早就坐了两人,一个是红旗砂轮厂的退休职工
姓陶,左颊留着刀疤。另一个的脸看不清
垂着,一动不动,落叶踢着他的红色塑料鞋
你就挤在他们中间吧。我必须走过漫长的湖畔小径
才能到达。你先读我刻在阴阳界上的留言吧:
你不叫虞姬,你是砂轮厂的多病女工。你真的不是
虞姬,寝前要牢记服药,一次三粒。逛街时
画淡妆。一切,要跟生前一模一样

2004

鱼篓令

那几只小鱼儿,死了么? 去年夏天在色曲
雪山融解的溪水中,红色的身子一动不动。
我俯身向下,轻唤道:"小翠,悟空!"他们墨绿的心脏
几近透明地猛跳了两下。哦,这宇宙核心的寂静。
如果顺流,经炉霍县,道孚县,在瓦多乡境内
遇上雅砻江,再经德巫,木里,盐源,拐个大弯
在攀枝花附近汇入长江。他们的红色将消失。
如果逆流,经色达,泥朵,从达日县直接跃进黄河
中间阻隔的巴颜喀拉群峰,需要飞越
夏日的浓荫将掩护这场秘密的飞行。如果向下
穿过淤泥中的清朝,明朝,抵达沙砾下的唐宋
再向下,只能举着骨头加速,过魏晋,汉和秦
回到赤裸裸哭泣着的半坡之顶。向下吧,鱼儿
悲悯的方向总是垂直向下。我坐在十七楼的阳台上
闷头饮酒,不时起身,揪心着千里之外的
这场死活,对住在隔壁的刽子手却浑然不知

2004

街边的训诫

不可登高
一个人看得远了,无非是自取其辱
不可践踏寺院的门槛
看见满街的人都
活着,而万物依旧葱茏
不可惊讶

2004

我是六棱形的

我是六棱形的,每一面
生着不同的病
我的心脏长得像松、竹、梅
对我这样的人来说,遁世
是庸俗的
谈兴衰之道也是庸俗的
我有时竟忘记了枯荣
我在六棱形的耳中、鼻中、眼中
塞满了盐和黄土
坐在镜子背后,你们再也看不到我了

2005.1

端　午

一地硫黄，正是端午天气
我的炉鼎倾空了
堂前，椅上
干干净净
两阵风相遇，有死生的契约
雨水赤裸裸，从剥漆的朱栏滑下
从拱桥之下离去

那时的他们，此时的我们
两不相见，各死各的
山水和棺椁
所蒙受的衰老经
不可名状
锣鼓仍在，无声而远

2005.6

悼亡辞

山冈，庭院，通向虚空的台阶，甚至在地下
复制自身的种子。月亮把什么都抓在手里，河流却舍得
              放弃
要理解一个死者的形体是困难的，他坐在
堂前紫檀椅上，手搭在你阴凉的脊骨
他把世间月色剥去一层，再剥去一层
剩下了一地的霜，很薄，紧贴在深秋黑黑的谷仓
死者不过是死掉了他困于物质的那一点点
要理解他返回时的辛酸，是多么的困难
他一路下坡，河堤矮了，屋顶换了几次，祠堂塌了大半

              2005.8

偏头痛

他们在我耳中装置了一场谋杀
埋伏着间歇性抽搐,昏厥,偏头痛
他们在我耳中豢养了一群猛虎
多少个夜里,劈开自己颅骨却发现总是空的
符号杂乱地堆砌,正是
一个汉人凋零之后的旧宅邸
我不再是那个骑着牛
从周天子脚下,慢慢走向函谷关的人
我不再是雪山本身
我疼得穿墙而过,朝他们吼着:
"你们是些什么人,什么事物
为何要来分享这具行将废去的躯体?"
老虎们各干各的,朝我的太阳穴砸着钉子
他们额头光洁,像刚刚刨过
又假装看不见我,仿佛有更深的使命在身

2005.9

两条蛇

白衫女子有栗色的胛骨
一路上,她总是拿镜子照我
用玻璃吸走我的脸
青衣姑娘笑得鳞片哗哗地响
她按住我的肩,道"许仙,许仙"——
这样的时刻,我总是默不作声
我韬光养晦已有二十余年

午后宫殿在湖面上快速地
移动,我抓住她腰间的淤泥
看绵绵长堤上绿树生烟
姑获鸟在枝头,昏睡不醒

2005.9

残简(选节)

一

疯人院的窗台上种菊花
有鸟雀剜去双目,啁啾着,向前飞出一段
我知道她的短裤中,有令人生畏的子宫
生硬的肝胆一年长高一寸。无论你是不是
新来的院长,无论你乘坐闷罐车还是敞篷的卡车
请你推开窗户看她
看旧公路上滚动喜悦的头颅
顺手揪下一颗,嘴上叼着钥匙,向前飞出一段

二

抓向虚空,那儿有礁石。
抓向那一排旧形体,持续地享用着它
沥青中鼓动着飞散的燕子
不过是一些垮掉的角色,鼻翼翕动却
什么也不说,他们攥紧了铁器
路灯下噼啪的雨点让他们闪光

醒来时,抓向越陷越深的"病根"一词

三

秋天的斩首行动开始了:
一群无头的人提灯过江,穿过乱石堆砌的堤岸。
无头的岂止农民? 旧官吏也一样
他们掀翻了案牍,干血般的印玺滚出袖口
工人在输电铁架上登高,越来越高,到云中就不见了
初冬时他们会回来,带着新长出的头颅,和
大把无法确认的碎骨头。围拢在吱吱蒸腾的铁炉旁
搓着双手,说的全是顺从和屈服的话语

四

山中,松树以结瘤对抗虚无
一群人在谷底喊叫,他们要等到
回声传来,才会死去——

九

秋天的琥珀滴向根部
石缝里,有碎木屑,和蚂蚁虚幻的笑脸
鸟雀在枝头,吐着又稠又亮的柏油
有时,蛰伏在景物中的度量衡会丢失
再过两天,就三十八岁了

经历饥馑的耳力
听见婴儿的啼哭，与物种死去的声音
含混地搅在了一起
旧电线中传来问候，含着苍老，和山峦的苦味

十

甲以一只脚立于乙的表面
秋风中的孩子追逐，他们知道
甲是鹭鸶，乙是快要结冰的河水
穿烟而过的麒麟
给田野披上适度衰亡
你是一片、两片落叶压住的小路
我是小路旁不能自抑的墓碑

十二

下午，遥远的电话来自群岛，某个有鲨鱼
和鹈鹕环绕的国度。显然，她的亢奋没保持好节奏
夹着印第安土语的调子，时断时续。
在发抖的微电流中我建议她，去死吧，
死在你哺乳期的母语里，死在你一撇一捺的
卷舌音上。"哦这个"！ 这个丧失了戒心的下午，
隔着太平洋和无比迟缓的江淮丘陵，
她说她订婚了。跟一个一百八十磅的土著，
"哦订婚了"，无非是订婚了，我猜她的亢奋

有着伪装的色彩。而伪装对于女人,到底是资源
还是舍不掉的特权? 就像小时候,在深夜的田野
她总要把全村唯一的手电筒,攥在自己的手里。
她也问起合肥,而我已倦于作答。我在时光中
练成的遁世术,已远非她所能理解——
哦此刻,稀有的一刻,我小学的女同学订婚了。
我该说些什么呢? 下午三点钟,我猜她的腰
有些酸了,玻璃窗外的鲨鱼正游回深海,
而搅动咖啡的手指,隔着海,正陷于麻木。

十七

刚在小寺中烧过香的
男人,打开盒子
把带血的绳子拽直了,又放进盒子里
摩托车远在云端,正突破绝望的音障
是紫蓬山的秋末了
鸟鸣东一声,西一声
两年后将吞金自杀的女店主
此刻蹲在寺外,正用肥皂洗脸

十八

被切割得整整齐齐的
盒中,渡劫的老虎和消防队员
嗑着瓜子,漫不经心

在他们看来,杨柳是庸俗的,也是忧患的
木刻的悲喜剧不舍昼夜——
倘若堤岸失火,盒子里换成了虚无的
皇帝,芍药花开,局面就大不相同

二十

上半夜,明月扑窗,嗓子哑了
听课的人在坟墓中抬头
须弥山吧嗒吧嗒地,正
穿过凹陷的针孔
钟表上绷直的脚步
有着从未挪动的纯洁
下半夜,双腿锯去,我缩回窗内的身子所剩无几

二十一

请在冥王星为我摆放
一张椅子。我要对忙于脱毒的
宇航员说,晚安孩子们。
我将教会你们雕龙,
一种在云层穿梭却
从未被正确理解的怪物。
我将教会你们烤红薯,
获得永不会被替代的
香气。作为年近四十的殉道者,请允许我是

晦涩和脱离了事物真相的。

二十二

长安剧院前的乌鸦,有时也飞到
公主坟和玉渊潭。更远处,橘黄的
工人们立在梯子上,
把冻僵的老榆树反复地修剪。
积雪中移动的街角,裹起去留之间的
旅客,在车站广场上集体跺着脚,
等待一场浩大黑暗的降临。
一如那些难以消失的事物,你的喋喋不休
和我持久的不言不语
都仿佛另有深意。当夹道的灯火亮起,
所有的人将发现,旧京畿衙门枝头
总是站着乌鸦,而穷人的院子
住着发抖的喜鹊。如果剪刀停了,
它们难免一起转过身来
迎风露出心脏,和心脏内耀眼的红色补丁。

二十三

秋千挂进人间,湿漉漉的
她满足于它的摇动。
晚风中,她有七岁,和一脸的雀斑。
她有危险,和彼此欢呼的树顶。

而我们这批镣铐中的父亲,在落日楼头酗酒,
从栏杆上,
看七八里外的纸上种着柳树。
运煤的驳船,
插着旗子和泪水。
是谁说过,这些景象全部得自遗传。
河山翠绿,像个废品。
喝着,喝着,
就有人哭了,有人被砍了头。
而她从高高树冠荡下时,也已经很老了

二十四

大啖红油和羊肝,牙齿
在假话中闪现微光
有点白,类似野狐禅
而剜去肝儿的羊,趴在山坡上
默默地饮冰雪
她刚哭过,于病榻上捉笔
想起牡丹又画下牡丹

二十五

狗全身充满灯盏,在杂货铺里
在郊外
牛屎也是灯盏,声色混于一体的灯盏

那么多人在跑动，那么深的怀念
他说"在"，是病态的求证
有人绊倒
衰老泻了一地

二十八

在湖畔我喊着松柏
松柏说"在"
我喊着鼬鼠，鼬鼠说"在"
到底是什么，在躯壳内外呼应着？
像拱宸街头两个盲者，弃去竹杖
默默地搂在了一起
那些重现的，未必获重生
那些虚置的，却必将连遭虚掷

2005.10

秩序的顶点

在狱中我愉快地练习倒立。
我倒立,群山随之倒立
铁栅间狱卒的脸晃动
远处的猛虎
也不得不倒立。整整一个秋季
我看着它深深的喉咙

2005

中秋,忆无常

黄昏,低垂的草木传来咒语,相对于
残存的廊柱,草木从不被人铭记
这些年,我能听懂的咒语越来越少
我把它归结为回忆的衰竭。相对于
死掉的人,我更需要抬起头来,看
杀无赦的月亮,照在高高的槟榔树顶

2005

黄河史

源头哭着,一路奔下来,在鲁国境内死于大海
一个三十七岁的汉人,为什么要抱着她一起哭?
在大街,在田野,在机械废弃的旧工厂
他常常无端端地崩溃掉。他挣破了身体
举着一根白花花的骨头在哭。他烧尽了课本,坐在灰
　　　　　　　　　　　　　　　　　　　　里哭。
他连后果都没有想过,他连脸上的血和泥都没擦干净
秋日河岸,白云流动,景物颓伤,像一场大病

　　　　　　　　　　　　　　　　　　2005

甲壳虫

它们是褐色的甲虫,在棘丛里,有的手持松针
当作干戈,抬高了膝盖,噔噔噔地走来走去
有的抱着凌晨的露珠发愣,俨然落泊的哲学家
是的,哲学家,在我枯荣易变的庭院中
它们通晓教条又低头认命,是我最敌视的一种
或许还缺些炼金术士,瓢虫的一族,它们家境良好
在枝头和干粪上消磨终日,大张着嘴,仿佛在
清唱,而我们却一无所闻,这已经形成定律了:
对于缓缓倾注的天籁,我们的心始终是关闭的
我们的耳朵始终是关闭的。这又能怪谁呢?
甲虫们有用之不尽的海水,而我却不能共享
它们短促而冰凉,一生约等于我的一日,但这般的
厄运反可轻松跨越。在我抵达断头台的这些年
它们说来就来了,挥舞着发光的身子,仿佛要
赠我一杯醇浆,仿佛要教会我死而复生的能力

2005

伤别赋

我多么渴望不规则的轮回
早点到来，我那些栖居在鹳鸟体内
蟾蜍体内、鱼的体内、松柏体内的兄弟姐妹
重聚在一起
大家不言不语，都很疲倦
清瘦颊骨上，披挂着不息的雨水

2005

逍遥津公园纪事

下午三点，公园塞满了想变成鸟的孩子。
铁笼子锈住，滴滴答答，夹竹桃茂盛得像个
偏执狂。我能说出的鸟有黑鹂、斑鸠、乌鸦
白头翁和黄衫儿。儿子说："我要变成一只
又聋又哑的鸟，谁都猜不出它住哪儿，
但我要吃完了香蕉、撒完了尿，再变。"
下午四点，湖水蓝得像在说谎。一个吃冰激凌的
小女孩告诉我："鸟在夜里穿过镜子，
镜子却不会碎掉。如果卧室里有剃须刀
这个咒就不灵了"。她命令我解开辫子上的红头绳，
但我发现她系的是绿头绳。
下午五点，全家登上鹅形船，儿子发癫，
一会儿想变蜘蛛，一会儿想变蟾蜍。
成群扎着绿头绳的小女孩在空中
飞来飞去。一个肥硕、秃顶的老人打太极
我绕过报亭去买烟，看见他悄悄走进竹林死掉。
下午六点，邪恶的铀矿石依然睡在湖底
桉叶上风声沙沙，许多人从穹形后门出去

踏入轮回。我依然渴望像松柏一样常青。

铃声响了，我们在公共汽车上慢慢地变回自己

2005

母亲本纪

秋天的景物,只有炊烟直达天堂
橘红暮光流过她的额角,注入身下的阴影
她怀孕了,身子一天天塌陷于乳汁
她一下子看懂了群山:这麻雀、野兔直至松和竹
都是永不疲倦的母亲。她幸福得想哭
爱情和死亡,都曾是令人粉身碎骨的课堂
现在都不是了。一切皆生锈和消失,只有母亲不会
她像炊烟一样散淡地微笑着
坐在天堂的门槛上喃喃自语

2005

木糖醇

我知道漫山遍野的根茎里面
有无人榨取的木糖醇
舌头一样蜷曲的低岗,随寂静雨水起伏
蚂蟥游动,把吸进的人血,又吐回水面
如果我举起斧子,又稠又腥的浆汁将喷射我一脸

我知道无声远走的人群中
总有人,像我一样,酷爱这白色颗粒的"致幻剂"
总有人会醒来
把头颅安放在难为人知,又疲倦不堪的木糖醇里

2005

嗜药者的马桶深处

嗜药者的马桶深处
有三尺长的苦闷
她抱住椅子,咳成一团
是啊,她真的老了
乳房干瘪,像掏空了宝石的旧皮袋
一边咳着一边溶化
而窗外,楝树依然生得茂盛
潮湿的河岸高于去年

旧地址那么远,隔了几世
我贴着她的耳根说:"姑姑,你看
你看,这人世的楝树生得茂盛
你死了,你需要的药我继续在买。"
是啊,又熬到了
一个初春
又熬过了哮喘病发作的季节
她在旧药方中睡着了
她有一颗百炼成钢的寡欲清心

2005

陈绘水浒(选四)

五

松林寡淡,大相国寺寡淡
路上走过带枷的人,脸是赭红的
日头还是很毒
云朵像吃了官司,孤单地飘着
诵经者被蝉声吸引,早就站到了枝头
替天行道的人也一样内心空虚
书上说,你突然地发了疯
圆睁双目,拔掉了寺内巨大的柳树
鸟儿四散,非常惊讶
念经的神仙像松果滚了一地

八

须杀人以谢大雪的孤独
须杀更多的人,从京城操场
到沧州山神庙
鲜血一路点染的梅花,绵延不断

但我们将忘掉他的杀人，只记取
他雪中的独舞
记取他的戏中箫声低咽，锣鼓冰凉

这个落草为寇的诗人
面目有点儿虚实难辨：
上半截名唤林冲，冠缨美得像一段海水
寺中长醉，妻子受辱，误闯白虎堂
虽经赦宥，却难复旧职
声音低沉得像积尽沉冤的淤泥
下半截诨称豹子头
掩迹于梁山草莽之中，堂中
漆黑，从不透出一丝丝光亮

九

天堂的一百零八双眼睛
有些凉了，有些苦了
带着病闪耀的悲观主义者
锈在空中，又没抽掉返回人间的梯子

没有谁能补上一座伪天堂的
缺口，宋江也不能
我久久在这刀笔小吏的
顶上盘旋，他有时是豹子心脏
有时只是肮脏皮毛

有时是三姓老奴,有时
又是玉石俱焚的超度

十二

山坳积雪融化,露出沙壤和
石头,像斑驳的反骨
很快地,河水便有了七分
两岸树木去年曾经蓊绿
明日又将蓊绿,谁也讲不清隔着一重死的
事物有什么不同

故国天边,挂满美丽晚霞
驿站加速传递纳降的圣旨
没有化去的残雪闪烁
李师师于舱内吐血,她撑起
发烫的身子写道:
"春来春去,此恨何穷。
是谁遍植红花,嘲笑这一纸白头?"

2005

村居课

他剥罢羊皮,天更蓝了。老祖母在斜坡上
种葵花。哦,她乳房干瘪,种葵花,又流鼻血
稻米饭又浓又白,煮完饭的村姑正变回田螺
小孩子揭开河水的皮,三三两两地朝里面
扮鬼脸。村戏的幕布扯紧了,但蓝天仍
抖动了几下。红花绿树,堪比去年
一具含冤的男尸浮出池塘,他将在明年花开时
长成一条龙。鸟儿衔着种子,向南飞出五里
蘸鼻血的种子,可能是葵花,可能是麦粒

2005

白头与过往

汉苑生春水,昆池换劫灰。

——李商隐

早上醒来,她把一粒黄色致幻剂溶入我的杯子。
像冥王星一样
从我枕边退去,并浓缩成一粒药丸的致幻剂:
请告诉我,
你是椭圆形的。像麝香。仅仅一粒——
因为我睁不开双眼,还躺在昨夜的摇椅里。
在四壁的晃来晃去之间,
我总是醒得很晚。
七点十分,
推开窗户。
在东风中打一场太极。腕底黄花,有裂帛之力。
街头,
露出那冬青树。
哦,老蟾蜍簇拥的冬青树。
围着几个老头,吃掉了一根油条的冬青树。
追不上有轨电车,
骂骂咧咧的冬青树。

穿着旧裤子,
有点儿厌世的冬青树。
焦头烂额的相对论,不能描述的冬青树。
苦海一样远的冬青树。
请告诉她,
经历了一夜的折磨,
在清晨,我需要新鲜的营养。当闹钟响了
——隔着拱廊,我听见她
在厨房撬开"嘉士伯"瓶塞的
"吧嗒"声。
晨饮一杯啤酒,有助于我的隐姓埋名。
七点二十分,
从塔下回来。
拳法和语法中的老鹤,双双敛起翅膀。
剪刀,字典,
立于桌面。
她给我送来了早餐:
一碗小米粥。一头烤麒麟。两只煎鸡蛋。
我坐在桌边喝着粥。阳光射了进来,
慢慢改变着,我下半身的比例。
她的耳朵,
流出岩浆。
现在,轮到她躺到摇椅中了。
这个从马戏团退休的魔术师有假寐的习惯。
她已经五十五岁了。
我给她念报纸的要闻。又揭开,她身上的

瓦片,看一眼她的哺育器官。

啊这一切。一如当初那么完美。

再次醒来时,她还会趴在我的肩上,

咬掉我的耳朵并轻声说:

"念吧。念吧。

大白话里,有我的寺院。"

她映在镜中的几张脸,标着甲、乙、丙、丁的编号。

像晒在冬青树上,

不同颜色的裤子。

一双小羊角辫,

胜过所有的幻觉。那是——

三十多年前。

覆盖着小卖部的,玻璃的树冠。

她用几句咒语,让镇里的小水电站像一阵旋风消失了。

工人们把她锁在配电车间里,

用瓦片狠狠地砸她。

一街冬青树都扑到窗玻璃上喊着:"臭婊子,

臭婊子。"

如今,她体内收藏着这些瓦片。这些挑剔的,

麻木的瓦片。

在舞台中央,她常将手中的瓦片变成

几只扑棱棱的鸽子。

这么多白色的伦理学的鸽子,

黑色的,辩证法的鸽子,

无色又不可测的鸽子,

从铁塔上,都飞起来了。
聚光灯下,
椅子远逝。
当年深陷在父母眼窝的,
一里多长的河水,如今在台上直立着。
当她揭开盒子上的旧麻布,
那座邋遢的小水电站,
又回到了我们眼前。
当年那片,发白的芦苇,
当年绕着我粗大器身产卵的,鱼群,
连同这些,无火的破庙,
婚丧的宴席,
我要一块儿向你们问声好。
当韩非子说"百尺之室,以突隙之烟焚",
你们所留下的
和这烧掉的"既往",
仍在这小园子里,
像一局残棋,那么清晰可辨。
"也唯有,魔术可以收拢起这些,碎片。"可我总是在
不断地埋怨自己。我是个病人,
我手持重兵,
不该轻信这个披着小花毯的虚无主义者。
但舍不下的假象,
总让我坐立难安。
我劝她多服药,拒绝"破窗效应",
立足于精研此世。

这么多年过去了,
我仍在劝她栽冬青树三棵,分别取名"儒""释""道",
分别享受这三棵树的喧哗
与静穆。
"我把自己埋在树下。
第二天,总被别人挖出来。"
哦,冬青树。
冬青树里埋着这些人。
当年的狗杂种,如今的白头翁。

中午对饮。她把一粒蓝色致幻剂压在舌头根下。
雷声,
沿着她的裙子,
滚到了她的腰间。
在小桌边,
她吃着芹菜。
她专心致志地嚼着芹菜,毫不理会在
烟蒂,残茶,扑克,利盟(Lexmark)牌打印机,油漆,
碟片,剃须刀,消毒液,避孕药,游戏指南之上,
在门外小池塘,鲵鱼背上,
在水电站站长的头顶,
在柏油路上,在黑白片中,在京郊,在汉口与
长沙之间,
在拖拉机烂在地里的安徽省,在一座座
被陨星砸毁的屋檐下,
在由此上溯一千年的,一个农妇恍惚的针尖上,

在基因里，
滚来滚去的春雷声。
我是一个经验主义者，
适合与这样的人对饮。
我把那些失踪的事物视之为我的"讥诮"。我把
飘在空气里的，
插满芹菜的盘子，叉子，碟子
和疑为芹菜所变的
盘子，叉子，碟子
还没来得及进化为鸽子的瓦片，
概述为"惘然的敬意"，和一个人言不及物的旅程。
噢，以一杯五十二度的醇浆，
克制着它们的亢奋。
这是哪一年？ 哪一年，斜坡从
冬青树丛里，带着泥跃出，
供两个人的帝国在那里形成。
我给她念剪下来的报纸要闻。
一块儿听着
苏联垮掉的钟声。
小卖部旁。热腾腾的轮胎，
正变成她嗜爱的，意识形态的芹菜。
我是一个种过芹菜的人，
深知其中的不易。
又或者不是这个人？ 不是这一副在
终将枯萎的花环中
瘫痪下来的面孔。不是这个，人老珠黄的魔术师。

是另一个女人的侧面?

在卧室里。我送她一盒阿奇霉素片。她给我看她引以为
傲的小腹。

这个把石头搬来搬去,

摸到一块石头,就能变成一盏灯的人,

有一盏液体的灯,

一盏嗅觉的灯,

一盏誓言的灯。

用一排老冬青树,紧紧地将它环起。

它无与伦比的样子,

有时让我视线模糊。

夜间。在傻乎乎的孤枕边。朝唇上,翻出硫酸的泡沫。

从小卖部旋转着的后门走出的

人,有一个裂开的下巴。

如今的白头翁,当年的狗杂种——

他们玩着刀子,

在小剧团,

吹起夜蝙蝠一样忧伤的口哨。

你称之为"涿县野种"的这帮街头痞子,跳到了

桌子上。

在哄堂大笑中,在那些年,廉价的噱头足以谋生。

当,滴入瓶中的高锰酸钾

在红布下

变成了一只只孟加拉虎。

你告诉他们,虎是假的。瓶子也是假的。

不存在比喻，也不存在慰藉。

像冬青树，从不需要遮蔽的

那些事物，在硬壳下的秩序之变。

"像大卫·科波菲尔（David Copperfield），用电锯

锯开了自己的脸。"

他们有着从自欺的戏法中脱身的本领。

所有人宁肯相信他们的"所见为真"。

他们目瞪口呆地看着，一辆辆卡车

在我的嘴里溶化掉。

看着我在一个空杯子里

徒手再造了纽约城。

——让那帮小混混，那些食不知味的人居住。

哦，这些风中的铁环。

这些不知名的法器。

攥着手电筒飞越湖面，只为了一睹奇迹的大众。

你们，这些因乐不思蜀

终将葬掉自身的

五光十色的神奇盒子，

那些不可战胜的魔法手杖，

那些用最简单的线条画出的迷宫——

如今在哪里？ 还剩下什么

仍驻留此处？

像呜咽着击翻冬青树林的一粒粒恒星，嵌在无人可问的

夜空。

晚上蛰居，虫集于冠。我们分享着一粒黑色的致幻剂。

我有些累了

隔几分钟，就去一趟阳台。

我歌颂阳台的那些杂物。

几年前喝剩下的

一杯可口可乐，

几件宋瓷的赝品，

她穿破的旧裤子，

一只旧花篮，

几张购物卡，

曾几度废掉的笔记，

被老鼠啃噬的《新左派评论》，

我遗忘在钻石中的避雷针，

为什么，还在这里？

屏幕上，当蒙泰斯达被路易十四钦定为王后，

在她种植的冬青树下，

警方挖出了两千名婴儿的骨灰罐。

她的故事是魔术在世俗中

激起的浪花。还有墨西哥长达几个世纪的活人献祭实践，

为什么，还在这里？

我每天走在小路上，

经常感到无处可去，

想直挺挺站着死掉。

又想混入早起的送奶工人，学他们的样子，在冬青树的

阴霾里不停地咳嗽。

可一个断然的句号把我们隔开了：

一种思想冒险和语言炙烤

将我牢牢地捆在这里,
我的替身,也捆在这里。
……当远处,从蛇胆中一跃而起的
月亮,
把斑驳阴影印在高高昂起的蛇头上,
我知道那些目不能及的
偶然之物,正在精确地老去,
如同白头翁,
无情地覆盖了狗杂种。
会有某种意外发生吗?
当几朵雏菊,在山上,与大片荒坡展开辩论——
一场象征着遗失的辩论,
引导着象征屈辱的,咕咕叫着的鸽群,
在空中,曲着脖子倾听。
这是我们心灵魔术驯导下的鸽群,
你是其中最意外的一只——
哦小卖部旁的余荫。
你不顾一切地远离。
更加对抗的冬青树。
假如我不曾吃过你哺育的小麒麟。
假如我在拒绝它的灵性之时,也拒绝它的皮毛。

年过四十。我写下的诗歌深陷在了
一种连环的结构里。
像建在我卧室里的那些,死而复生的小水电站
正冒着甜蜜的淡烟。

桌上,
唯物的麒麟依然不被认识,
我抚慰着她不被认识的恐惧。
作为一种呼应,
我的小米粥里,
神迹像一圈涟漪正在散去。我所歌颂的杂物,
我的冬青树丛,
正在散去。
我的厌倦在字典中,标着甲、乙、丙、丁的编号,
像旧家具中
纹理深深的算术题。
即便我们从未经历,也依然渴望一个答案:
当你把窗帘拉杆拉断了,转过头来,问我:
有没有来世?
我说"没有"。
你终于数清了剪刀下的冬青树,又转过头来问我:
有没有此世?
我说"没有"。
你喝光了苦涩的小米粥,抹抹嘴,问我:
有没有一个叫"涿县"的小镇子?
我说"没有"。
我们可怜地抱在一起。
像摸到的石头都变成了灯一样,光线局促不安。
你的喘息,变得又粗又重,
闷头喝着"嘉士伯"啤酒。
我捏着无聊的炭笔画画。

我在一张白纸上

画下了"失衡的斜坡。与抖动的马体"。

我写道,两个毫不相干的事物

之间,有着若干种更深的秩序。

就像日常生活的

尸体,每天都来到我的身上

仿佛——又觉得难以合身。

像一排随处可见的老冬青树,

在街头,被别人无端剪成了环形。

为什么总是"别人"？ 别的,

灯盏,字典,

立于桌面。

当雨水顺着她们的叶子,慢慢垂下了

我的形状,我的传统,

宛若白头之下

雷声滚过它曾经爱着的每一条旧裙子

(此诗献给客死河北的、我的朋友 ML 先生和 RJ 女士:一对魔术师伉俪)

2007.12

你们,街道

> 凿井北陵隈,百丈不及泉。
>
> ——鲍照

写一首诗,临近中年的凶险。
写一本书,要用更强的聚光灯了。又
不愿弃去胸中的铁塔。
不得不强设一些人事,一些场景。
比如这次。我塑造了两个老木偶,在午后。
抬着一块玻璃,在最强烈的光线中
到我欲去而不能的地方——
哦,这是午后的老木偶过街,
两旁新建的大厦纷纷倒立着
进入他们的玻璃:
有巴洛克式尖顶。有穹形门。有徽派的马头墙。
一只红气球,被一座大厦压着。
两棵樟树之间,
几个公务员的扁脸。
换来换去的,是总也数不清的
几条腿。
孩子们喜欢危险的余荫,

他们把旧皮球踢往那里。

为什么有两棵香樟树呢?

让警察钻入其中一棵,吹着哨子,闲看树后的飞禽。

按理说,爱看飞禽的人,

都见过一两座宿命的铁塔。

多年前,埃舍尔(M. C. Escher)用的是习惯性的梯子。

他把梯子架在白色的果园里,

从墙头露出半截出汗的身体,

以此表示他的空间是多变的。

这在一个东方诗人看来,

未免有些幼稚。

他为什么,不在那里画出一块玻璃呢?

"噢,这鬼天气……"

街边的人不住地打着喷嚏,掉下头发。

大约两点多钟。

超级市场的人流中,

橘红色的乌托邦正在形成。

从遥远的果园,到货架上

贴着标签的苹果,

都再不能养活我了。

我是两个老木偶中的一个。但又忘掉了到底是

哪一个。我出着汗表示我对生活有着无以复加的盲从。

在旧皮球下的余荫晃过头顶之际。

我早就谈论过中年的凶险,中年的不群。

像一幢大厦孤独的第14层。

这块琉璃必须安装在那里
——楼下，
在剪得齐整的弧形花坛中，
小墙边，安放着虚无的词，空洞的梯子，臆想的天灵盖。
我早就谈论过天灵盖，可你总是不信。
舌头上的梯子，
有着果园般的灵巧，让年老的园丁们欣喜。
而作为信号，还会有一只红气球，
从那个窗口飘出来。
我爱过的女人住在那里。
她像一扇窗中打开了半边的，陈述句。
她浓妆艳抹，证明她正空室以待。
她无事可干，就拿起毛笔
反复在额头上写着一个"且"字。
哦，"且"字——
如此均衡的笔构，令人想起灵魂的秘密。
二十五年来，她每天从窗口释放掉
一个球体，
以获得某种安慰。
此刻，她正安静地拆着一个闹钟，轻轻摸着
那堆慢下来的肢体。
"给我一根新的秒针，我就不会拆掉它。"
过一小会儿，
她还将躲到桌子底下，
像幼年时，躲在一截树皮里，
等着父亲从夜间的屠宰厂归来。

当树皮在梯子上闪亮。
门外的沙沙声,像在另一个空间里。"嗯,我提到
埃舍尔
实在是迫不得已。"
如果玻璃送到,我们将获得一口袋的硬币。

像我谈论过的理想建筑。光有天灵盖是不够的。
我建设一条大街需要沥青、鸽子和铅笔,也需要一个
帕索里尼(Pasolini)。
这个色情片导演的心,
在我看来,就像一只小白兔的肛门
那么干净。
我爱过的女人却不理解这些。她们建起了大厦往往
内在单薄。她们缺少的
唯心主义砖块就像
兔子的贲门,那么干净。
她们的防盗门,她们的权力,她们的晚餐,
在窗外香樟上透着暧昧的暗香和戒律。
"你不是早就厌倦了吗? 为什么,
又要来找我……"
她的喃喃自语,让楼下的天灵盖发烫。
"啊。你——"
你,为什么不爱上一个木偶呢?
你的脸我转身就忘了。在这个
由无数张脸排列成的剖面之上。
我真的有点厌倦了。

我稍一用力，街道就滑出好远。而你们，
坐在杂货店卖禁片的小老头，晾在自来水管上的
一条条蕾丝的袜子，
戏剧海报上干巴巴的刘皇叔，
又正因厌倦与色情为我所爱。
哦。城市，你底层的景物为我所爱。
你的湖滨，你胯间突然裂开的雕花板为我所爱。
你偶尔发生的淡水危机，
为我所爱。
你的谎言，和谎言中的如簧之舌为我所爱。
我用力地活着。活着。每天
看掉你的一抽屉碟片。
在被擦掉的摆放闹钟的位置上，
换上一台新的。并让她，把手从午后的阴影上移开。

我们谈论的正是，中年的玻璃，
映照着中年的台阶。
帕索里尼总是在这楼梯上埋伏着
那些我们曾经爱过的女人。
在他的影片里，果树开花了，
白晃晃的一大片。
女人们绕着树干，
走过来，又走过去。
仿佛苹果真能够让她们得以解脱一样。
靠在梯子上的我们，难免五味杂陈。
这样的障眼法，

这样的时辰……
我们的眼睛,在微风中是浮肿的。
我们看到的台阶,
永远要比踩到的,少去一级。
从窗口远去的红气球,
在不知所终中捕获永生。
在她俯瞰的视线之下:
菜市场中,退休老工人正用油锅炸着鹌鹑。
浮世绘的油锅,由三条腿支着。
而别的鹌鹑扑腾,
在郊外,明亮的山毛榉林里。
一只瓶子正"砰"的一声,
冒出一大摊泡沫。
无人的楼梯上,一节台阶正在隐形。
桌边,大辫子盖住了半张脸的
那个女人,
扔掉毛笔,正把旧闹钟的一个零件
塞进果园一样辽阔的阴影里。
气球是静止的。
孩子们的天灵盖在它的白线上一字排开。
(我谈论过天灵盖,可你总是不信)
棚户区上空,鸽子起伏。远郊群山起伏。
群山不管多么乱,
总像在等一个命令,一下子扑过来,埋掉我们。

按照埃舍尔的说法,中年必须

养一些甲壳虫,

以映衬那些小面积的果园。

中年的大屋之侧,必须挨着两样:

写着时代标语的精神病院,

和一座(季节性的)旧图书馆。

在甲壳虫的背上

煤气灯具嗞嗞响着。新一版维基百科全书,

静静躺在雕花柜子里。

图书里充满了植物的幻觉描写。这些正为我所爱。

这些年我最喜欢做的,

就是一个人时

与这些树木的交杯言欢。

哪一年? 哪条路上? 郊野的开发区之夜,

令人揪心的高压线下,

我们像两棵黄杨木一般交合。

我们是两棵黄杨木里溢出的死人。

如今,车窗外疾驰的科技大学

还在那里。

而黄杨木做成的梯子,已经烂掉了。渐渐地,

我对强设的东西感兴趣,

对彻底掏空的裸体感兴趣并

深陷于一个词中的光与影。

长久坐在这影子里,坐在变硬的脂肪里,

在令人心慌的聚光灯下

等候新的梯子,把我们运载到14层去。

老木偶们剃着光头。在甲壳虫循环到来的

头与尾中,
喋喋不休地嘀咕着。
"我们,在玻璃反射出的楼梯之上,
走着。而这块玻璃,
正抬在我们自己的手上。"
不要把腿迈得太高。不要迷恋逃跑工具。不要怨恨。
哦梯子你好。黄杨木你好。
在玻璃里晃动的
大厦你好。我记得你至今仍是倒立着的。

假如让这座大厦一直倒立下去。
在它的室内,Ricoh 牌复印机会闪出蓝光。
大约两点多钟。
她喝掉一杯咖啡,
陷入了软体动物般的沮丧。"如果,你们认为,
我放出的每一个球体,
都是可以复制的——或者说,倘能找到衡量命运的
另一把尺子,要远远重于拥有此刻。
如果你们真的这样固执,
我也就无所谓了(不过是,一种说法)。"在午后充足
　　　　　　　　　　　　　　的光线里,
这句话类同于一个谶语。
但最要紧的,是要找到
一个新的方法,
把垮掉的闹钟跟她的下半身分离开来。
当街头,果树开花,鸽子们在抖落翅膀上的金粉。

交叉小径上,
白晃晃的一大片。
哦玻璃中的帕索里尼,
你好。"我会在你脸上,
涂上一公斤的油彩。也会告诉你,
把我爱过的女人,埋在哪一截楼梯之上。"在三月,
或者不算太远的另一些日子,我们
会为这种短暂的施与获得丰厚回报。虽然
回报的白晃晃——仅限于视觉上的——
连警察也不屑将
它涂抹于路两边的果树上。当鸽子们
沿着弧形的老烟囱滑下,收拢起
(有时候,在细雨中)
爪子,在一曲双簧中看到近于圆满的结局。

在我们谈论的街头。苹果花灿烂,
让人恍惚。
苹果花的破与立,
是长期困扰我的一个问题。没有一双手,
可以抹去这些笑脸。
也没有一些步伐,随盲肠般的小巷融入
迎面而来的晚风……我们的双手,
仿佛两根随时可以解开的绳索。
现在好了。苹果花:
这根"唯我论"的接力棒,
我终于可以递出去了:当我看到

一大群傻乎乎的学生
捏着焦炭正画下它。
像埃舍尔一样,我确信
在虚无中绽放的正是这些苹果花。
不是你嘴中
那些逻辑的嗯哨。不是你夹在
一本书中,曾赠予我的那些褐色岛屿。
"在你们那个年纪,这满街的身体都是
金币。
去挥霍吧,挥霍吧"……
在那些正被遗忘的声音、图案、线条里,
他们——我用以自喻的某一种人:
在公共汽车上发愣,又几乎在一个瞬间
就分成了三群。
一群站在原地歇斯底里了,另一群,在超市里
买到了幻觉的苹果
和苹果园,
还有一群在聚光灯下,练习瑜伽。她们像多边的
玫瑰顺从了局部的切割
——从未有人怀疑过这一切。
她们中的一个,将独自灰心地回到
那幢大厦的第14层,
趴在一个球体上哭泣。这是一个
多么曲折美好的空间啊,
靠杜撰就能博得云彩又能
如此屈从于

与那些无名之物的默默交汇——

在这该死的中年,
我们活在强设的旧符号里。
宛如玻璃中的台阶,
眼看着踩到它时,它就消失了。
脚一抬起,它又奇异地出现。
(这或许表明,我还有能力书写消逝)
当午后的老木偶,紧盯着被我塞得满满的身子。
"……噢,这鬼天气!"
我年迈的父母就曾躲在这树皮里。
白晃晃的一大片。
正在维基百科全书中查阅"闹钟"一词的女儿,
等着他们从
另一个空间里回来。
她沙沙响着的肢体。
她滚烫的天灵盖。
(我谈论过天灵盖,可你总是不信)
被一双来历不明的手残忍地拆解着。
午后的银河系,依然住在一朵燥热的苹果花上。
街上的果园,看上去都是
绛红色的。这让炸鹌鹑的小老头觉得不可理喻。
他坚持认为,是他从杂货店卖掉的
一张张碟片
创造了伟大的帕索里尼。
"让我去死吧——如果我不能从

你们制造的梯子上,从这些技法上,从这些
奇怪的东西中分身出来。"
哦,我钻入一棵遗忘已久的香樟树。
吹着哨子,闲看飞禽,
又把旧皮球踢向余荫。
在那些该死的符号里,
我已活到了凶险的中年。
在这个单细胞的、隐喻已
成了一个流行病种的世纪,
经验们正"砰、砰"地冒着虚无的泡沫。
我有时走在左边,有时又
走在了右边,
不知哪一具身子,在台阶上出着微汗。

2007.12

新割草机

他动了杀身成仁的念头
就站在那里出汗,一连几日。折扇,闹钟,枝子乱成一团

我告诉过你,烂在我嘴里的
割草机是仁的
烂在你嘴里的不算
树是仁的
没有剥皮的树不算。看着军舰发呆的少女
失身过,但此刻她是仁的
刮进我体内的,这些长的,短的,带点血的
没头没脑的,都是这么湿淋淋和迫不及待
仿佛有所丧失,又总是不能确定
"你为何拦不住他呢?"
侧过脸来,笑笑,一起看着窗外

窗外是司空见惯的,但也有新的空间。
看看细雨中的柳树
总是那样,为了我们,它大于或小于它自己

2007

口腔医院

> 我们的语言？某种遗物,我们从笼子里
> 相互磨损的伤口上,得以辨认自身
> ——陈先发,2008

"那年,婚后"。我们无法投身其中的
一次远游——
在暴雨刚冲刷过的游艇码头,
堆满了催人老去的易燃垃圾。
啊,暴雨。暴雨过去了,
小路边昆虫忘忧,
沙滩上游人如蚁,
淡水过滤的空气,清冽到一眼看清百米之外
信天翁玩世不恭的瞳孔……黄昏,旧钟表店式的
静谧,沿老街弥漫开来。但新婚秘而不宣的
疲倦,仍在我们交叠的脚踝上闪光。
货架清空,装卸工人像是凝固了,
他们的纵欲和放肆暂时歇了下来。
我将为他们竖立打牌、抽烟、胡闹的雕像。
巨幅的海鲜广告牌下。问:
(当你一粒又一粒地嚼着阿司匹林,

在"牙疼即真理"一类的谶语前）

此刻，还需要一些别的什么？

黄桷树上，一只黄鹂和一只白雀在枝头交换身体。

是的，我闻到了也

看到了：就在那里。它们大张着嘴，

喳喳地——嗓子里烧焦的木屑味儿，

在尾巴上跳跃着的

几点光斑里被稀释了。小店前，

擦着鼻血的卖花小姑娘，由一个忽然变成了一群。

正好，我有闲心来描述她们的篮子。

瞧瞧这些吧：

叫人渐悟的小松枝，和

夹竹桃的欲言又止；

戏剧性的波斯野菊混杂着

百合的某种"遗址气息"……

花序紊乱的大叶银桂，在时间上

错配了萼齿短促的小叶赤楠？

从火山灰中汲取养分的海芙蓉，看上去

肢体充满了弹性。而真正在视觉中状似

五雷轰顶的，只有昙花怒放的那几秒。

只有那么几秒——

我在办公室也曾种过一盆，

日光、白炽灯光，加上长久凝视：

我用如此复杂的光线帮助它生长。

而螺旋状片片叠起的紫罗兰，

总相信几句色情悄悄话能创造

奇迹？还有,"不需要定语"的鹤顶红,
侧着脸儿,像在悔过的菖蒲与紫荆。
小簇霍山石斛,在这一带很少见,
为了莫名的形式感牺牲了花的香气……
写下这几句,我忽然心中羞愧:
对于繁杂花铺,我欠一种简洁的语法。
对这鲜嫩之花,我又欠她们一个成年。
我变化万千的句式,不足以描绘一朵花而
恰恰泄露了语言的孱弱。历来如此:
写下第一句,就等着第二句前来宽恕。
绵长的,在纤毫之端上,词的博弈,
让我想起口腔医院,躺在无影灯下的
那些时刻——
宽恕我吧,浓浓的
福尔马林气味;宽恕我吧,词的血迹。
当我的口腔里一个词在抵制另一个,
单义的葡萄藤,在覆盖多义的葡萄藤,
双重的傍晚在溶入单一的傍晚。
我知道这不过是强烈的人之天性敞开了:
八岁时,医生用塑料手电筒撬开我的嘴,
他说:"别太固执,孩子。也别
一直紧盯着我。
看着窗外翻空心跟头的少女吧,看她的假动作。
再去想一些词! 你就不疼了。"
他把五吨红马达塞进了我的口腔,
五吨,接着是六吨……

好吧,好吧。我看少女,
她另一番滋味的虚无的跟头。
我想到的两个词是:"茄子"和
"耶路撒冷"。
当年老的摄影师喊着"茄子"——
一大排小学生露着雪白的牙齿,
像衔着一枚枚失而复得的指环,
我知道所有稀世之物,在语言中都能买到。
付一半零钱,请卖花姑娘擦干鼻血。另一半
塞进售票窗口,得到一座陌生的小镇:
那一年在四川,一片灾后的群山里?
你捂着外省的浮肿的脸,
讲着泡沫一般难懂的方言。
我魂不守舍的答非所问,其实来自
旅程本身的晦暗不明——请等一等,
如果天色晴朗,
我愿意用一座海岬来止住你的牙疼。
站在那儿俯瞰,
视线甚至好过在码头上:
檐角高高翘起的宫殿,在难以描绘的彩云里。
是啊,猜测未知行程,不如去
精确计算一下他夺命的牙疼,
……谁还有一副多余的身体?
哗变了各处只留下口腔,
弃掉了附属仅剩下牙疼。
在那里,我们与从未治愈的

世界悄悄地达成了一体。
整整一个夏季,当我们在甲板上
练习单腿站立和无腿站立。
海浪翻滚的灰白裙裾。
红马达轰鸣的福尔马林。
闭着眼。闭着嘴。
当一些东西正从我们口腔中远去,如同,
"蓝鼍蜥绝种了,而——那个词还在"。
蓦然转身,而后失去这一切。

窗玻璃上崩溃的光,贞节的光,
伴随着气象的多变,
在这个出汗的下午。
味觉在筷子上逃避着晚餐——正如奥登在
悼念叶芝时说的,
"水银柱跌入垂死一天的口腔"。
水银柱在哪儿,它纯白的语调中
慢慢站立起来的又是什么?
我们所讲的绝对,是否也像
雾气中显出的这一排柳树,
以拂动,在敲打它的两岸。
哦无用的两岸引导我的幻觉。
这凭栏远去的异乡,
装满白石灰的铁驳船,小镇,流言,人物,
在街上跑来跑去的母鸡,
一样的绸缎庄,一样的蝴蝶铺,

一片盖着油毛毡的铁路局老宿舍,

一些冲动的片断和

一致的风习的浪费,

早上从瓶中离去,傍晚又回到瓶中的,

正是这些,

不是别的。

是无限艰难的"物本身"。

但我从未把买来的花儿,

插在这只瓶子里——

"那年。婚后",当我买来一只黄鹂和一只白雀,

养在雨后的小山坡上。

我还欠她们一个笼子。

是笼子与身体的配合,

在清谈与畅饮中分享了辩证法的余火。

就像这不言不语的小寺院,在晚风中得到了

远钟的配合。

我给你摘下的野草莓,

得到了一根搓得滚烫的草绳的配合。

我们虚掷的身体,

得到了晚婚的配合。

在山坡上。你一点一点地舔着自己的肢体。

红马达轻轻穿过你的双耳,

开始是五吨,后来是六吨……

哦你的小乳房——

两座昏瞆的小厨房,

有梨子一样的形状正值它煮熟之时。

听收音机播放南山的落花,
对于随牙疼一起到来的某次细雨,
我还欠它一场回忆:
当四月的远游在十月结束,
漫长堤岸哗哗嘲笑着我们婚后的身体。
那些在语言背后,一直持弓静立的
东西究竟是些什么?
在码头上我有着不来不去的恍惚。
那么多
灌木丛的小憩和
长驱入耳的虫鸣,
如此清晰又被我的记录逼向了假设。
碗中的蟒蛇引导着我餐后的幻觉。
哦,红筷子夹住的
蟒蛇和红马达轰鸣的旅途。
当你闷闷不乐举着伞,
在雨水中旋转的街角,
迎来了一个庸医的配合。
他说:"想想看吧。这口腔并不是你的。
是一只鸟的。
或者一个乏味的圣人的。这样想想,
你就不会疼了。"
"也可以想点别的。街道很安静,
一只球被踢出京城"——
是啊我见过这样的景象:
一个乏味的圣人和一只鸟共同描述

他们面对的一颗雨滴。
他们使用了一个共同的词——不管
这个词是什么,
嵌在他们带血的牙龈上。
这个词得到了迷惘的配合,
像你离去后空椅子的移动。
在枝头,两只空椅子在鸟的口腔里移动。
我的观看只是为了那虚无的加速。
是的。我不疼了。
我看见我坐在另一座
雾中的码头上。另一场晚餐里。
另一个我可以叉开双腿,坐在小树桩上
吹吹口哨,
为这二元论的蒙昧河岸干一杯。
莫名其妙的柳树。
莫名其妙的寓言。
对于奥登与叶芝可以互换的身体,我只欠喊它一声
"茄子"——像这些鸟的口腔,
只欠一些误入其中的虫子。
这个庸医只欠一个假动作。
我的观看只欠一个小姑娘的鼻血。
这张手术台只欠一场病因。

分辨的眼睛,并非区别的眼睛。
这只眼睛看到
一只不祥的旧球被踢出京城——

在运动中,拥有灼热身体,
不再需要别的容器了。
像一滴汗从我的耳根滑过,
在谵妄中拥有一个新的名字。
喊一声试试? 瞧瞧它在
哪里应答——
在河的对岸,
还是在一枚幽闭的钉子里面;
在骨灰盒中,
还是在三十年前某个忧心忡忡的早晨?
或者像婚前那样,迷信四边形的东西,
躲在柜子里写了一夜的短信。
用声音的油漆,
把自己刷一遍。
用胆汁把房子建成穹形,在小凳子上
摆放了形形色色的盒子。
喊一声试试? 瞧瞧哪个盒子,
会打开自己:
找到一个词!
顺从这个词,一切由它说了算。
让我们在廉价店铺里谈论它。
在死前攥着儿子的手留下它。
并最终藏在棺材里抚摸着它。
我们发誓忠于它:
一个词。
像码头上的青年军官发誓忠于

他患了白癜风的妻子。

我们愿意毁掉其他所有词只

为了将倾听凝结到

一根细细的棉线上,

我们愿意烧掉旧衣服,只为了

记住它不可捉摸的暗红色。

闭着眼,闭着嘴——

听从这个词来瓦解窗外的荒野。

听从它将幼龙变成老龙。

听从这些和解:在线与线之间,

在心电图和它的隐喻之间,

在柳树和榆树之间,

在阿房宫与水立方之间……

随清风达成口腔中的史学,

像秦始皇完成对美色的勘误。

让这个词告诉你我们将抵达哪里,当你寻欢的

脚步像鱼击的锡鼓

在松针撞出微小的回声。

听从这个词,像一个老妇人在展览馆里

拨着它一无所附的灰烬。

听从奥斯威辛的白烟滚滚中,当阿米亥(Yehuda Amichai)

轻于纸张的诗句也

倾注在头顶的石榴

慢慢爆裂的噼噼啪啪声中……

听从海水中的盐。听从这座"霜刃未曾试"的课堂。

听从它的名下之虚。

当你连说一声谢谢都很难了,
这码头转动,
你坐在椅子上朝我眨着眼睛,
这是"忘我"和吞咽的眼睛。
当体内帘子的拂动,遮蔽了婚后的卧室,
小窗子在直觉中跳向柳树。
炊烟露出充满经验的弧形。
我告诉你这个词已经找到了。
当我喊道"柳树",
便有一株在某个角落醒过来——
像摆在膝上的《坛经》,
从某一页涌出了合唱。
当我喊道"蜘蛛",
灵魂的八面体就来了,
我拒绝了其中的七面。
像一幅画着墙的画挂在墙上,
里面的门仿佛从未有人开启。
当我喊道"花儿",
花园卡在了我的喉咙中,
这包含了椭圆、路线和单音节的悲悯。
因为讲不清的原因,我们在交换着身体。
我知道我要的不是这三个词,
是别的一些东西。
另一座码头上,植物性的悲欢。
在"那年。婚后"——
当小瓶子只容得下两具啼笑交集的身体,

我们所追逐的词将回到那里。
我会放弃说出,口腔里堆积的
那些名字。那些机体。那些过时的谎言,
在全部的硬币涌出瓶口之前。
对一次苟同众议的婚姻,
我手中的鞭炮需要满街的鞭炮来否定。
我虚无的牙疼在
找回那个词像小姑娘
卖光了花儿后放下了她的空篮子:
当一群又恢复为一个。
这是绝望的哲学,
也是清新的雨滴。
远游中我崩溃过一次,
也仅仅承认过这一次。
我知道我爱的并不是你——
我一个人在暴雨后的锯木场闲逛。好吧,
我知道有"某个东西":
不管它在哪里,
我将一直环绕着它,由它来宽恕遭遇它的人们,
在杜冷丁一样的口腔中,在杜冷丁一样的夜空下。

从未有过完整的柳树,也从未有过柳树的完整。
我曾经那么惧怕完整,
如今我受够了人世折磨,
再也不担忧任何形式的幻觉了。连同一旁的
田垄,新长出的瓜果,

如此完美，却再不足为惧。
从未有过红马达，也从未
有语境的口腔医院在我口腔中建成。
当我渴望在词的世界里
像这餐桌上烤熟的蟒蛇
一样，做到物我两忘……
从未有过故乡：当词的故乡在动荡中正
日渐偏离物理的故乡——
孔城：江淮丘陵的一个小镇。
四月的孩子在青石板街上玩着
青螃蟹、木陀螺、抓强盗游戏，
他们将一直
玩到秋天：我不在游戏中而在
叙述这场游戏的语言回响中。
词的回声里光影交织。在嘈杂的
街道上，我走过了，但词中的
虚词却没有力气再走一遍。
在这个世界，虚词是不能二度触及
的痛苦记忆……夜间赌酒，
吸毒的少女从不谈起父母姓名，
只给我们摸一摸刺了
靛青虎头的柔软腹部。
从未有过这样一个人，在语言中我就是他，
但在公园宿醉的长椅上，
我无法从同一具身体中醒来。
夜排档的霓虹已逝，

浅梦中我捷足先登的岛屿和

头顶越来越稀少的鸟鸣已逝。

醒来时见到少年岁月的

一堵墙,墙上写着"深挖洞、广积粮""备战备荒"。

二胡,从崩塌的断墙背后探来,

带给我一个声音,

一个满月的声音。

一个老女人在旧皮箱里整理儿子遗物。

小溪水顺着她的脚踝攀登的声音。

从未有过一个语言的身份,比如"下岗工人":

当他的80年代全部用于在废墟中

寻找自己失踪的女儿;

从未有过他迟迟不灭的煤油灯

和一毛三分钱一斤的早稻米;

从未有过穷人的天堂可做

我笔下奋不顾身的目的地。

我找不到一种语调来匹配那消逝,

我对所有诙谐有不可抵御的憎恨。

从未有过一种语言练习,

可以完成那屈辱的现实。

从未有过洞穿。

从未有过抵达。

从未有一封信,它写道:

"我造出过一只笼子。从那里飞出的

鸟儿永远多于飞入的鸟儿。

从那里出生的女儿,

要多于背叛的女儿。

她们的口红。她们绷得紧紧的牛仔裤。她们的消化器官。

让我不知如何才好,

我在家里难以隐身"——

从未有过这个家,也从未有过放满了旧纸盒的墙角。

从未有过窗外紫得让人

伤感的葡萄和

它们体内歌唱轮回的乐队。

从未有过始皇帝在带箭的

车辇上豪迈宣告万物的臣服,

当锯齿状长城在群山中逶迤远去,

他宣告了文字、度量衡的统一

和神秘珠算的完成……

从未有过更远的世界,当蓝眼球的盎格鲁-撒克逊人,

他们对别人疆域的征伐,

必须由失败者记录下来。

从未有过镁光灯的频闪,

当你喊着"茄子",那些骨灰盒中的脸,

沉淀在硫黄冲洗的底片里。

从未有过浮云,

从未有过斜塔。

从未有过孔雀,为了开屏寻找那恒定的观众,

她必须依赖主题公园,

长出一年三换的丑脸。

从未有过一种远游,像

空气中的高头大马,

当她绕着树干大叫三声,
树下的僧侣瞬间走向了圆熟。
从未有过"田纳西州"和"陶渊明",
当他们结出的篱笆也是一霎的,山巅和
坛子里的晚霞再不能安慰你。
从未有过一个词是我们这双手的
玩物,也从不是我们这颗心的玩物——
当语言的世界无缝覆盖了实在的世界,
我又是哪一个词灰暗的替身?
这替代,让人如此痛彻,又恍惚。
从未有过"那年。婚后"像
我们并不信任的医生一样,
当他纯熟的手术在一个词中消失;
当卖花姑娘的篮子又一次空了;
我们的口腔如何才能不辜负,
那偶然闯入的言说的天赋……
从未有过对立。
也从未有过和解。
从未有过一把必然的椅子在我死后
将那么长久地悬空着,
连此刻隐雷般的喘息它也再记不起。

2008 年 5 月写
2017 年 3 月改

翠　鸟

池塘里
荷叶正在烂掉
但上面的鸟儿还没有烂掉——

它长出了更加璀璨的脸
时而平白无故地
怪笑一下
时而递给我一只杯子
又来抢这只杯子,剥去我手心的玻璃
我们差不多同时
看见了彼此,却从未同时忘掉
如今有更多容器供我回忆,
复制老一辈人的戒心

还有许多个自我
有许多种平衡

这里有多么璀璨,多么忠实的脸
让母亲在晚饭中煮熟更远的亭子
而我们相互的折磨将坚持到第二天早晨

2008.9

十字架上的鸡冠

在乡下
我们是一群雷劈过的孩子
遗忘是醒目的天性
从未有人记得,是谁来到我们的喉咙中
让我们鸣叫
任此叫声……浮起大清早无边的草垛
而所有文学必将以公鸡做乡村的化身:
当词语在手上变硬
乡村列车也借此穿过我的乱发而来。
公鸡的叫声,在那颅骨里
在灯笼中
在旧的柏油马路上

鸣叫之上的隐喻
点缀鸣叫之中的孤单
倘我的喉咙,是所有喉咙中未曾磨损的一个
从未有人记得,是谁在逼迫我
永记此鸣叫
在我恒久沉默的桌面之上——
像记得那滋润良知的

是病床之侧的泪水

而非冥想，或别的任何事物

永记那年，十字架上鸡冠像我父亲的脑溢血一样红

2008.11

湖　边

垂柳摁住我的肩膀，在湖边矮凳上
坐了整个下午。今年冬天，我像只被剥了皮的狗
没有同类，也没有异类
没有喷嚏，也没有语言

湖水裹着重症室里的老父亲
昏瞶的脑袋伏在我膝上，我看见不是我的手
是来自对岸的一双手撑住他
僵直的柳条
垂下和解的宫殿
医生和算命先生的话
听上去多么像是忠告
夜间两点多，母亲捧着剥掉的黄皮走来
要替代我到淤泥的走廊上，歇息一会儿

2008.12

银锭桥

在咖啡馆,拿硬币砸桉树
我多年占据那个靠窗的位子
而他患有膀胱癌,他使用左手
他的将死让他每次都能击中

撩开窗帘,能看到湖心的野鸭子。
用掉仅剩的一个落日。
我们长久地交谈,交谈。
我们的语言,她轻度的裸体

湖水仿佛有更大的决心
让岸边的石凳子永恒。一些人
坐上小船,在水中漂荡
又像被湖水捆绑着,划向末日

后来我们从拱门出来
我移走了咖啡馆。这一切,浸入时日的未知。
他独自玩着那游戏
桉树平安地长大,递给他新的硬币

2008

两次短跑

几年前,当我读到乔治·巴塔耶,
我随即坐立不安。
一下午牢牢地抓着椅背。
"下肢的鱼腥味""痉挛":瞧瞧巴大爷爱用的这些词。
瞧瞧我这人间的多余之物……

脱胎换骨是不必了,
也不必玩新的色情,
这些年我被不相干的事物养活着
——我的偶然加上她的偶然,
这相见叫人痛苦。

就像十五岁第一次读到李商隐。在小喷水池边,
我全身的器官微微发烫。
有人在喊我。我几乎答不出声来。
我一口气跑到那堵
不可解释的断墙下。

2008

不　测

傍晚安谧如蛋黄卧于蛋壳里
破壳之钟，滑过不育的丝绸
我盘膝坐在阳台上
像日渐寡欢的蜘蛛

隔壁的百货店。售货员扛着断腿走出，
塑胶模特儿完成了白日的欢愉，此刻被肢解。
我也有一劫。误读——分开了彼此。
副教授揪去我的脑垂体，隐身于小树林

有人轻拍我的肩膀
唤我进屋去
大家坐在那里，举着筷子：
决裂的晚餐已经做成

何处钟声能匹配我的，丝绸。
像此时，多需的手正搅动
多重的手。火苗
从她的指甲上蹿起，闪烁着不测

2008

正月十五与朋友同游合肥明教寺

散步。
看那人，抱着一口古井走来
吹去泡沫
获得满口袋闪烁的石英的剖面——
我们猜想这个时代，在它之下
井水是均衡的
阻止我们向内张望
也拒绝摄影师随意放大其中的两张脸

而头脑立起四壁
在青苔呈现独特的青色之前
我们一无所思
只是散步。散步。散步，供每一日的井水形成
有多年没见了吧
嗯
春风在两个拮据的耳朵间传送当年的问候
散步
绕着亭子
看寺院翻倒在我们的喉咙里

夜里。
井底稻田爬上我们的脸哭泣
成为又一年的开始

2009.2

晚安,菊花

晚安,地底下仍醒着的人们。
当我看到电视上涌来
那么多祭祀的菊花
我立刻切断了电源——
去年此日,八万多人一下子埋进我的体内
如今我需要更多、更漫长的
一日三餐去消化你们

我深知这些火车站
铁塔
小桥
把妻子遗体绑在摩托车上的
丈夫们
乱石中只逃出了一只手的
小学生们
在湖心烧掉的白鹭,与这些白鹭构成奇特对应的
降落伞上的老兵们
形状不一的公墓
未完成的建筑们
终将溶化在我每天的小米粥里

我被迫在这小米粥中踱步

看着窗外

时刻都在抬高的湖面

我说晚安，湖面

另一个我在那边闪着臆想的白光

从影子中夺回失神的脸

我说晚安，

远未到时节的菊花

像一根被切断电源的电线通向更隐秘的所在

在那里

我从未祈祷，也绝不相信超度

只对采集在手的事物

说声谢谢

我深知是我亲手埋掉的你们

我深知随之而来的明日之稀

2009年5月12日，汶川地震一周年

伐　桦

砍掉第一根树枝。映在
临终前他突然瞪大的
眼球上。那些树枝
那些树叶的万千图案
我深知其未知
因为我是一个丧父的人
我的油灯因恪守誓言而长明

连同稀粥中的鬼脸
餐桌上，倒向一边的蜡烛
老掉牙的收音机里
依然塞着一块砖
我是一个在
细节上丧父的人
我深知在万物之中
什么是我
我砍掉了第二根树枝和
树下的一个省

昨天在哪里

我有些焦躁
我的死又在哪里
为什么我
厌恶屋顶的避雷针
我厌恶斧头如同
深知唯有斧头可以清算
我在人世的愚行,一切
合乎诗意的愚行

      2009 年 10 月 7 日,父亲去世两个月记

听儿子在隔壁初弹肖邦

他尚不懂声音附于何物。琴谱半开
像林间晦明不辨。祖父曾说,这里
鹅卵石由刽子手转化而来
对此我深信不疑

小溪汹涌。未知的花儿皆白
我愿意放弃自律。
我隔着一堵墙
听他的十指倾诉我之不能

他将承担自己的礼崩乐坏
他将止步
为了一个被分裂的肖邦
在众人瞩目的花园里

刽子手也有祖国,他们
像绝望的鹅卵石被反复冲刷
世界是他们的
我率"众无名"远远地避在斜坡上

2009

怀 人

每日。在树下捡到钥匙
以此定义忘却
又以枯枝猛击湖水
似布满长堤的不知不觉

踏入更多空宅
四顾而生冠冕
还记得些什么?
暮然到来的新树梢茫然又可数

二十年。去沪郊找一个人
青丘寂静地扑了一脸
而我,斑驳的好奇心总惯于
长久地无人来答——

曾几何时,在你的鞍前马后
年青的汗水轻旋
一笑,像描绘必须就简
或几乎不用

空宅子仍将开花
往复已无以定义
你还在那边的小石凳上
仍用当年旧报纸遮着脸

           2009

孤　峰

孤峰独自旋转，在我们每日鞭打的
陀螺之上。
有一张桌子始终不动
铺着它目睹又一直拒之于外的一切

其历练，平行于我们的膝盖
其颜色掩之于晚霞
称之曰孤峰
实则不能跨出这一步

向墙外唤来邋遢的早餐
为了早已丧失的这一课
呼之为孤峰
实则已无春色可看

大陆架在我的酒杯中退去
荡漾掩蔽着惶恐
桌面说峰在其孤
其实是一个人，连转身都不可能

像语言附着于一张白纸

其实头颅过大

又无法尽废其白

今夜我在京城。一个人远行无以表达隐身之难

2009

可以缩小的棍棒

傍晚的小区。孩子们舞着
金箍棒。红色的,五毛或六毛钱一根
在这个年纪
他们自有降魔之趣

而老人们身心不定
需要红灯笼引路
把拆掉的街道逡巡一遍,祝福更多孩子
来到这个世界上

他们仍在否定。告诉孩子
棍棒可以如此之小,藏进耳朵里
也可以很大,搅得伪天堂不安
互称父子又相互为敌

形而上的湖水围着
几株老柳树,也映着几处灯火
有多少建立在玩具之上的知觉
需要在此时醒来?

傍晚的细雨覆盖了两代人

迟钝的步子成灰

曾记起新枝轻拂

那遥远的欢呼声仍在湖底

            2009

难咽的粽子

早餐是粽子。我吃粽子的时候
突然被一件古老的东西
我称之为千岁忧的东西
牢牢地抓住了。
我和儿子隔桌而坐　看着彼此
一下子瓦解在不断涌入的晨雾里

我告诉儿子,必须懂得在晨雾
鸟鸣
粽子,厨房,屋舍,道路,峡谷和
无人的小水电站里
在熙熙攘攘的街头和
街角炸麻雀的油锅里
在尺度,愿望,成败和反复到来的细雨里
在闹钟的表面
在结着黄澄澄芒果的林间
在我们写秃掉的毛笔里
处处深埋着这件东西
像一口活着的气长叹至今

但白发盖顶的
心口相传，在我们这一代结束
将不再有人
借鸟鸣而看到叶子背面的
永恒沉没的另一个世界

另一片永不可犯的黑色领域
除了那些依然醒目的——
譬如，横亘在枝丫间的月亮
即便在叛逆者眼里
在约翰·列侬和嬉皮士眼里
也依然是一句古训

让我们认识到，从厄运中领悟的与
在街头俯首可拾的，
依然是毫无二致。如果我们那么多的安慰
仅仅来自它已经被毁掉的，脆弱的外壳

为什么仍须有另外的哲学，
另外的折磨？ 在这盘难以咽下的粽子和
它不可捉摸的味道之上——
在这个安静的早晨。为什么？

2009

暴雨频来

暴雨无休止冲刷耳根
所幸我们的舌头
是干燥的
晚报上死者的名字是干燥的
灯笼是干燥的
宿命论者正跨过教室外边的长廊
他坚信在某处
有一顶旧皇冠
始终为他空着
而他绝不至再一次戴上它

绝不与偶尔搭车的酷吏为伴，不与狱卒为伴
不与僧人为伴
有几年我宁可弃塔远游
也不与深怀戒律者并行
于两场暴雨的间歇里

我得感谢上苍，让我尽得寡言之欢
我久久看着雨中的
教堂和精神病院

看着台阶上
两个戴眼镜的男子
抬着一根巨大圆木在雨中飞奔
鞭击来历不明的人
是这场暴雨的责任
当这眼球上
一两片灰暗的云翳聚集
我知道无论一场雨下得多大
"丧失"——这根蜡烛
会准时点亮在我们心底

所幸它照出的脸
是干燥的
这张脸正摆脱此刻的假寐
将邀你一起
为晚报上唯恶的社会公器而哭
将等着你，你们
抬着巨大圆木扑入我的书房

取了我向无所惧的灯笼远去

2009

本体论

每一个早晨。每一个黄昏。镜子告诉我
"这是你,先生。这张脸"——
与昨夜相比
这张脸失而复得
我知道世上的失而复得之物终将铸成玫瑰
在自我的炉膛边等待再次熔去

从这张脸上分开的
郊外小路像草下的巨蟒四散。
每一个夜晚。我在这些荒僻小路上跑步
一路上,街角,玫瑰,橱窗内的
狼藉杯盘,贫民窟,月亮,如此清晰
它们为什么
能够如此清晰?
小路有时会爬到我的膝上来哭
为了这清晰
为了瞬间即至的路的尽头

还有铁窗外,芭蕉的冲淡
埋在芭蕉下的父亲用我们烧掉的笔

给我们写信
与匍匐着的潜意识巨蟒相比
它们为什么
能够如此清晰?
假如本体论真能赋予我们以安慰,它将告诉我们
现象其实一无所附而
诀别仍将源源不绝

每一个早晨。每一个黄昏。像空了的枝头
之于未来的果实
像短促的自我之于
自我的再造
"告诉我,先生"——
是什么,在那永恒又荒僻的小路上跑动

2009

良 马

半夜起床,看见玻璃中犹如
被剥光的良马
在桌上,这一切——
筷子,劳作,病历,典籍,空白
不忍卒读的
康德和僧璨
都像我徒具蓬勃之躯
有偶尔到来的幻觉又任其消灭在过度使用中
"……哦,你在讲什么呢?"她问
几分钟前,还在
别的世界
还有你
被我赤裸的肢体慢慢变淡、分解的样子吓着。
而此刻。空气中布满沉默的长跑者

是树影在那边移动
树影中离去的鸟儿,还记得脚底下微弱的弹性
树叶轻轻一动
让人想起
担当——已是

多么久远的事情了

现象的良马

现象的鸟儿

是这首诗对语言的浪费给足了我自知

我无人

可以对话，也无身子可以出汗

我趴在墙上

像是用尽毕生力气才跑到了这一刻

2009

芹菜之光

好吧,芹菜之味我可以转述而
芹菜的意义
我闭口不谈
如果仅限于饕餮,又碰巧在星期天早晨
芹菜的自由意志令人窒息
它如此翠绿而我只喜欢
小贩子们在暗处
闪耀的脸
满含了对立的脸
过多久你还能记得?
譬如:一个从不吃芹菜的男人
执意买光所有芹菜,整个市场为之沸腾
听起来有点儿解恨?
接下来的莫名惆怅
又来自哪里
谁也不知明天早餐将缺些什么——又
譬如:芹菜与玄思

好吧。让芹菜从街头涌出来
让芹菜从拖鞋中涌出来

让芹菜从屋顶盘旋的铁管子中涌出来
让芹菜从老人的白内障中涌出来
让芹菜从布满蛛影的小学生脸上涌出来
我们一起为尚未形成的土壤而长默

2009

写碑之心

> 宽恕何为?
> ——特拉克尔(Georg Trakl, 1887—1914)

一

星期日。我们到针灸医院探视瘫痪在
轮椅上的父亲——
他高烧一个多月了,
但拒绝服药。
他说压在舌根下的白色药丸
像果壳里的虫子咕咕叫着……
单个的果壳,
集体的虫子,不分昼夜的叫声乱成一团。
四月。
他躲在盥洗间吐着血和
黑色的无名果壳的碎片。
当虫子们,把细喙伸进可以透视一两处云朵的
水洼中,
发出模糊又焦虑的叫声。

在家乡,

那遥远的假想的平面。

是的,我们都听到了。儿女们站成一排,

而谵语仍在持续:

他把窗外成天落下鸟粪的香樟树叫作

  "札子"①。

把矮板凳叫作"囷"②。

把护士们叫作"保皇派"。

把身披黑袍在床头做临终告慰的

  布道士叫作"不堪"。

把血浆叫作"骨灰"。

把氧气罐叫作"巴萨"③。

这场滚烫的命名运动,

让整座医学院目瞪口呆。

他把朝他扑过来的四壁叫作"扁火球",

——"是啊,爸爸。

四壁太旧了。"

如果我乐于

  吞下这只扁火球,

我舍身学习你的新语言,

你是否愿意喝掉这碗粥?

五月。

病房走廊挤满棕色的宿命论者。

---

① 安徽中部地区农民对挑干草的铁叉的习称。
② 音 piān。此处仅作象声词。
③ 音 bā sà。此处仅作象声词。

我教他玩单纯的游戏度日,

在木制的小棋盘上。

他抓起大把彩色小石子,

一会儿摆成宫殿的形状,一会儿摆成

  假山的形状。

他独居在宫殿里,

让我把《残简》翻译成他的语言,

一遍又一遍念给他听。

我把"孔城"①译成"嘭嘭"。

把"生活"译成了"活埋"。

他骑在墙头,

像已经笑了千百年那样,懵懂地笑着。

六月。

傍晚。

我把他扛在肩膀上,

到每一条街道暴走。

在看不尽的蓊郁的行道树下,

来历不明的

霾状混沌盖着我们。

我听见

无人光顾的杂货店里抽屉的低泣。

有时,

---

① 安徽桐城南部的古镇,作者家乡。其历史可追溯到先秦时期。春秋中期,为楚属桐国的军事要塞。三国时,吴将吕蒙在此屯兵筑城,历隋至唐渐成水镇雏形,北宋时为江北名镇。明清乃至民国处鼎盛时期。

他会冷不丁地嚎叫一声。

而街头依然走着那么多彩色的人。

  那么多没有七窍的人。

那么多

想以百变求得永生的人。

霓虹和雨点令我目盲。

二

死去的孩子化蟾蜍，

剥了蟾皮做成灯笼，

回到他善忘的父母手中。

老街九甲①的王裁缝，每个季节晾晒

一面坡的蟾皮。

从此，

他的庭园寸草不生。

楝树哗哗发出鬼魂般的笑声。

河中泡沫也

在睡眠中攀上他的栏杆，他的颧骨。

——每年春夏之交，

我看见泡沫里翻卷的肉体和它

牢不可破的多重性：

在绕过废桥墩又

掉头北去的孔城河上。

―――――――

① 孔城老街商铺基本以甲为单位。

它吐出的泡沫一直上溯到

我目不能及的庐江县①才会破裂。

在那里,

汀上霜白,

蝙蝠如灰,

大片丘陵被冥思的河水剖开。

坝上高耸的白骨,淤泥下吐青烟的嘴唇,

搭着满载干草的卡车驶往外省。

每日夕光,

涂抹在

不断长出大堤的婴儿脑袋和

菜地里烂掉的拖拉机和粪桶之上。

是谁在那虚幻长眠中不经意醒来?

听见旧闹钟嘀嗒。

檐下貔貅低低吼着。

丧家犬拖着肮脏的肠子奔走于滩涂。而

到了十一月末,

枯水之季的黄昏,

乌鸦衔来的鹅卵石垒积在干燥沙滩上,

一会儿摆成宫殿的形状,一会儿摆成

  假山的形状。

我总是说,这里,

和那里,

并没有什么不同。

———————

① 安徽中部县名,与孔城接壤。

我所受的地理与轮回的双重教育也从未中断。

是谁在长眠中拥有两张脸:在被磨破的"人脸之下,

是上帝的脸"①——

他在七月,

默默数着这块土地上的长逝者。

数着父亲额头上无故长明的沙砾。

他沿四壁而睡,

凝视床头砥砺的孤灯,

想着原野上花开花落,谷物饱满,小庙建成,

无一不有赖于诸神之助。

而自方苞②到刘开③,自骑驴到坐轮椅,

自针灸医院到

家乡河畔,也从无一桩新的事物生成。

心与道合,不过是泡沫一场。

从无对立而我们迷恋对立。

从无泡沫而我们坚信

在它穹形结构的反面——

有数不清的倒置的苦楝树林、花楸树林。有

另一些人。

另一些环形的

---

① 美国垮掉派诗人格雷戈里·柯索(Gregory Corso, 1930—2001)诗句。
② 方苞(1668—1749),清代散文家,为作者家乡前贤。著有《望溪先生文集》。
③ 刘开(1784—1824),清代散文家,为作者家乡前贤。著有《刘孟涂诗文集》《广列女传》《论语补注》等。其故居与作者旧居仅隔五十米河面相望。

寂静的脸。

另一架楼梯通往沙砾下几可乱真的天堂。

另一座王屋寺①

像铁锈一样嵌在

被三两声鸟鸣救活的遗址里——

多少年我们凝望。我们描绘。我们捕获。

我们离经叛道却从未得到任何补偿。

我们像先知一般深深爱着泡沫，

直至2009年8月7日②，

我们才突然明了，

这种爱原只为唯一的伙伴而生。

像废桥墩之于轻松绕过了它的河水。

我们才能如此安心地将他置于

那杳无一物的泡沫的深处。

三

并非只有特定时刻，比如今天，

在车流与

低压云层即将交汇的雨夜，

我才像幽灵一样从

众多形象、众多声音围拢中穿插而过。

是恍惚的花坛把这些

---

① 毁于清末的桐城古寺名。
② 作者父亲离世日。

杜撰的声音劈开——

当我从小酒馆踉跄而出之时,

乞丐说:"给我一枚硬币吧。

给我它的两面。"

修自行车的老头说:"我的轮子,我的法度。"

寻人启事说:

"失踪,炼成了这张脸。"

警察说:"狱中即日常。"

演员说:"日常即反讽。"

玻璃说:"他给了我影像,我给了他反光。

那悄悄穿过我的,

依旧保持着人形。"

香樟树说:

"只为那曾经的语调。"

轮椅说:"衰老的脊柱,它的中心

转眼成空……"

小书店里,

米沃什在硬邦邦的封面上说:"年近九十,

有迟至的醇熟。"

你年仅七十,如何训练出这份必不可少的醇熟?

在这些街角。在这些橱窗。

在你曾匿身又反复对话的事物中间。

你将用什么样的语言,什么样的方式,

再次称呼它们?

九月。

草木再盛。

你已经缺席的这个世界依然如此完美。

而你已无形无体，

寂寞地混同于鸟兽之名。

在新的群体中，你是一个，

还是一群？

你的踪迹像薄雾从受惊的镜框中撤去，

还是像蜘蛛那样顽固地以

不可信的线条来重新阐述一切？

轮回，

哪里有什么神秘可言？

我知道明晰的形象应尽展其未知。像

你弄脏的一件白衬衣，

依然搭在椅背上，

在隐喻之外仍散发出不息的体温。

我如此容易地与它融为一体，仿佛

你用过的每一种形象——

那个在

1947年，把绝密档案藏在桶底，假装在田间

捡狗屎的俊俏少年；

那个做过剃头匠、杂货店主、推销员

的"愣头青"；

那个总在深夜穿过扇形街道，

把儿子倒提着回家，

让他第一次因目睹星群倒立而立誓写诗的

中年暴君；

那个总喜欢敲开冰层

下河捕鳗鱼的人；

那个因质疑"学大寨"①被捆在老柳树上

等着别人抽耳光、吐唾沫的生产队长；

那个永远跪在

煤渣上的，

集资建庙的黯淡的"老糊涂虫"——

倘在这些形象中，

仍然有你，

在形象的总和中，仍然有你，

仍有你的苦水，

有你早已预知的末日，

你的恐惧，你的毫无意义的抗拒……

四

又一年三月。

春暖我周身受损的器官。

在高高堤坝上，

在我曾亲手毁掉的某种安宁之上，

那短短的几分钟，

当我们四目相对，

当我清洗着你银白的阴毛，紧缩的阴囊。

你的身体因远遁而变轻。

---

① 中国农村于二十世纪六十年代始以山西省昔阳县大寨村为榜样的政治及经济运动。

你紧攥着我的双手说:
"我要走了。"
"我会到哪里去?"
一年多浊水般的呓语,
在临终一刻突然变得如此
清朗又疏离。
我看见无数双手从空中伸过来,
搅着这一刻的安宁。
我知道有别的灵魂附体了,
在替代你说话。
而我也必须有另外的嗓子,置换这长子身份
大声宣告你的离去——
那一夜。
手持桃枝绕着棺木奔跑的人
都看见我长出了两张脸。
"在一张磨破了的脸之下,
还有一张
　　谁也没见过的脸。"
乡亲们排队而来,
每人从你紧闭的嘴中取走一枚硬币;
月亮们排队而来,
映照此时此处的别离,也映照前世今生的合欢之夜。
乞丐、警察、演员、寻人启事、轮椅、香樟、米沃什排
　　　　　　　　　　　　　　　　队而来,
为了语言星穹之下那虚幻的共存。
贴在杨树榆树桦树上的讣告排队而来,

为了你已有的单一,和永不再有的涣散。

远乡亲戚们排队而来,

请你向大家发放绝句般均等的沉默吧。

还有更多哭泣与辨认,

在那永不为人所知中。

我久久凝视爆竹中变红的棺木。

你至死不肯原谅许多人,

正如他们不曾

宽宥你,

宽宥你的坏习惯。

再过十年,我会不会继承你

酗酒的恶习。

而这些恶习和你留在

镇郊的三分薄地,

会不会最终送来一把大火解放我?

会不会赋我一种安宁? 不再像案上"棒喝"

  只获得那茫然的一怔。

不再像觉悟的羊头刺破纸面,

又迅速被歧义的泡沫抹平。

会不会永存此刻,

当伏虎般的宁静统治大地——

皓月当窗如

  一具永恒的遗体击打着我的脸。

它投注于草木的清辉,

照着我常自原路返回的漫步。

多少冥想都不曾救我于

黑池坝①严厉的拘役之中。
或许我终将明了,
宽恕即是他者的监狱,而
救赎终不过是自我的反讽。
我向你问好。
向你体内深深的戒律问好。
在这迷宫般昏暗的小径上,轮回
哪里有什么神秘可言?
只有它喜极而生的清凉可以假托。
让我像你曾罹患的毒瘤一样绑在
　　这具幻视中来而复去的肢体之上。
像废桥墩一样绑在孔城河无边的泡沫之上。

2010年3月写
2018年1月改

---

① 合肥蜀山区境内小湖名,作者现居其畔。

硬　壳

诗人们结伴在街头喝茶
整整一日
他们是
大汗淋漓的集体
一言不发的集体
他们是混凝土和木质的集体
看窗外慢慢
驶过的卡车
也如灰尘中藐视的轻睡

而弄堂口
孩子们踢球
哦
他们还没恋爱和迷失
也未懂得抵制和虚无
孩子们
你们愿意踢多久，就踢多久吧
瞧你们中有
多么出色多么冷漠的旁观者

某日形同孩子
肢体散了又聚
对立无以言说
晚风深可没膝
只有两条腿摆动依然那么有力
猜猜看,他们将把球踢往哪里?

2010

与顾宇罗亮在菲比酒吧夜撰

摇滚乐中夹杂江南的丝竹。上帝不偏不倚
他掷骰子
而彩色的平民赌博
吧台小姐说：塑料筹码可抵万金

强悍舞步中晃动过时的建筑
当鼓点停止
飞出去的四肢又回到身体上
顾宇双腿修长
令罗亮不悦
啊，怎么办？
大家一起来尝"闲暇"这块压抑的菠萝吧
啤酒桌上拼接着
应约而来的几张老脸
吵什么呀，谁
没有过雪白的童年
谁又不曾芒鞋踏破
整个晚上我穿过恍惚的灯光搜寻你们
你好吗，小巷的总统先生
你好吗，破袄中的刘皇叔

幸亏遗忘不曾挪动过。幸亏我
懂得如何在一瞬之中
彻底消耗我平凡享乐的四十年

2010

颂九章

箜篌颂

在旋转的光束上,在他们的舞步里
从我脑中一闪而去的是些什么

是我们久居的语言的宫殿,还是
别的什么? 我记得一些断断续续的句子

我记得旧时的箜篌。年轻时
也曾以邀舞之名获得一两次仓促的性爱

而我至今不会跳舞,不会唱歌
我知道她们多么需要这样的瞬间

她们的美貌需要恒定的读者,她们的舞步
需要与之契合的缄默——

而此刻,除了记忆
除了勃拉姆斯像扎入眼球的粗大沙粒

还有一些别的什么？
不，不。什么都没有了

在这个唱和听已经割裂的时代
只有听，还依然需要一颗仁心

我多么喜欢这听的缄默
香樟树下，我远古的舌头只用来告别

老藤颂

候车室外。老藤垂下白花像
未剪的长发
正好覆盖了
轮椅上的老妇人
覆盖她瘪下去的嘴巴
奶子
眼眶
她干净、老练的绣花鞋
和这场无人打扰的假寐

而我正沦为除我之外，所有人的牺牲品
玻璃那一侧
旅行者拖着笨重的行李行走
有人焦躁地在看钟表

我想,他们绝不会认为玻璃这一侧奇异的安宁
这一侧我肢解语言的某种动力
我对看上去毫不相干的两个词
  (譬如雪花和扇子)
   之间神秘关系不断追索的癖好
来源于他们
来源于我与他们之间的隔离
他们把这老妇人像一张轮椅
那样
制造出来
他们把她虚构出来
在这里。弥漫着纯白的安宁

在所有白花中她是
局部的白花耀眼
一如当年我
在徐渭画下的老藤上
为两颗硕大的葡萄取名为"善有善报"和
"恶有恶报"时,觉得
一切终是那么分明
该干的事都干掉了
而这些该死的语言经验一无所用
她罕见的苍白,她罕见的安宁
像几缕微风
吹拂着
葡萄中含糖的神性

如果此刻她醒来,我会告诉她
我来源于你
我来源于你们

稀粥颂

多年来每日一顿稀粥。在它的清淡与
嶙峋之间,在若有若无的餐中低语之间

我埋头坐在桌边。听雨点击打玻璃和桉叶
这只是一个习惯。是的,一个漫无目的的习惯

小时候在稀粥中我们滚铁环
看飞转的陀螺发呆,躲避旷野的闷雷

我们冒雨在荒冈筑起
父亲的坟头,我们继承他的习惯又

重回这餐桌边。像溪水提在桶中
已无当年之怒——有时,我们为这种清淡发抖

这里面再无秘密可言了? 我听到雨点
击打到桉叶之前,一些东西正起身离去

它映着我碗中的宽袍大袖,和
渐已灰白的双鬓。我的脸,我们的脸

在裂帛般晚霞弥漫的

偏街和小巷。我坐在这里。这清淡远在拒绝之先

活埋颂

早晨写一封信

我写道,我们应当对绝望

表达深深的谢意——

譬如雨中骑自行车的女中学生

应当对她们寂静的肢体

    青笋般的胸部

表达深深谢意

作为旁观者,我们能看到些什么?

又譬如观鱼

觉醒来自被雨点打翻的荷叶

游来游去的小鱼儿

转眼就不见了

我们应当对看不见的东西表达谢意

这么多年,唯有

这鱼儿知道

唯有这荷叶知道

我一直怀着被活埋的渴望

在不安的自行车渐从耳畔消失之际

在我们不断出出入入却
　　从未真正占据过的世界的两端

秋鹦颂

暮色——在街角修鞋的老头那里
旧鞋在他手中，正化作燃烧的向日葵

谁认得这变化中良知的张皇？　在暮光遮蔽之下
街巷正步入一个旁观者的口袋

他站立很久了。偶尔抬一抬头
听着从树冠深处传来三两声鸟鸣

在工具箱的倾覆中找到我们
溃烂的膝盖。这漫长而乌有的行走

谁，谁还记得？
他忽然想起一种鸟的名字：秋鹦

谁见过它真正的面目？
谁见过能装下它的任何一种容器？

……像那些炙热的旧作
一片接一片在晚风中卷曲的房顶？

唯这三两声如此清越。在那不存在的
走廊里。在观看秋日焚烧的密集人群之上

卷柏颂

当一群古柏蜷曲,摹写我们的终老
懂得它的人驻扎在它昨天的垂直里,呼吸仍急促

短裙黑履的蝴蝶在叶上打盹
仿佛我们曾年轻的歌喉正由云入泥

仅仅一小会儿。在这荫翳旁结中我们站立
在这清流灌耳中我们站立——

而一边的寺顶倒映在我们脚底水洼里
我们蹚过它:这永难填平的匮乏本身

仅仅占据它一小会儿。从它的蜷曲中擦干
我们嘈杂生活里不可思议的泪水

没人知道真正的不幸来自哪里。仍恍在昨日
当我们指着不远处说:瞧!

那在坝上一字排开,油锅鼎腾的小吃摊多美妙
嘴里塞着橙子,两脚泥巴的孩子们,多么美妙

滑轮颂

我有个从未谋面的姑姑
不到八岁就死掉了

她毕生站在别人的门槛外唱歌,乞讨
这毕生不足八岁。是啊,她那么小

那么爱笑
她毕生没穿过一双鞋子

我见过那个时代的遗照:钢青色远空下,货架空空如也
人们在地下嘴叼着手电筒,挖掘出狱的通道

而她在地面上
那么小,又那么爱笑

死的时候吃饱了松树下潮湿的黏土
一双小手捂着脸

我也有双深藏多年的手
我也有一副长眠的喉咙

在那个时代从未完工的通道里
在低低的,有金刚怒目的门槛上

在我体内她能否从这人世的松树下
再次找到她自己？ 哦，她那么小

我想送她一双新鞋子，送她一副咯咯
笑着从我中秋的胸膛蛮横穿过的滑轮

披头颂

积满鸽粪的钟楼，每天坍掉一次。从窗帘后
我看着，投射在它表面的巨大的光与影

我一动不动。看着穿羽绒服的青年在那里
完成不贞的约会，打着喷嚏走出来

他们蹲在街头打牌。暴躁的烟头和
门缝的灯光肢解着夜色——这么多年

他们总是披着乱发。一头
不可言说的长发

他们东张西望，仿佛永远在等着
一个缺席者

从厚厚的窗帘背后，我看见我被汹涌的车流
堵在了路的一侧，而仅一墙之隔

是深夜的无人的公园
多么寂静,凉亭从布满枯荷的池塘冲出来

那凉亭将在灯笼中射虎:一种从公园
移到了室内的古老的游戏——

我看见我蹚过了车流,向他们伸出手去
从钟楼夸张的胯部穿过的墙的两侧

拂动的窗帘把我送回他们中间。二十年前?
当一头长发从我剥漆的脸上绕过

在温暖的玻璃中我看见我
踟蹰在他们当中。向他们问好。刹那间变成一群

垮掉颂

为了记录我们的垮掉
地面上新竹,年年破土而出

为了把我们唤醒
小鱼儿不停从河中跃起

为了让我们获得安宁
广场上懵懂的鸽群变成了灰色

为了把我层层剥开
我的父亲死去了

在那些彩绘的梦中,他对着我干燥的耳朵
低语:不在乎再死一次

而我依然这么厌倦啊厌倦
甚至对厌倦本身着迷

我依然这么抽象
我依然这么复杂

一场接一场细雨就这么被浪费掉了
许多种生活不复存在

为了让我懂得——在今夜,在郊外
这么多深深的、别离的小径铺向四面八方——

2010

两种谬误

停电了。我在黑暗中摸索晚餐剩下的
半个橘子
我需要它的酸味
唤醒埋在体内的另一口深井
这笨拙的情形,类似
我曾亲手绘制的一幅画:
一个盲人在草丛扑蝶

盲人们坚信蝴蝶的存在
而诗人宁可相信它是虚无的
我无法在这样的分歧中
完成一幅画。
停电正如上帝的天赋已从我的身上撤走
枯干的橘子
在不知名的某处,正裂成两半

在黑暗的房间我们继续相爱,喘息,老去。
另一个我们在草丛扑蝶。
盲人一会儿抓到
枯叶

一会儿抓到姑娘涣散的裙子
这并非蝶舞翩翩的问题
而是酸味尽失的答案
难道这也是全部的答案?
假设我们真的占有一口深井像
  一幅画中的谬误
在那里高高挂着
我知道在此刻,即便电灯亮起,房间美如白昼
那失踪的半个橘子也永不再回来

2011

两僧传①

村东头有个七十多岁的哑巴老头,
四处偷盗,然后去城里声色犬马。

一天清晨,
有个僧人跪在他的门口,头上全是露水。

他说:你为什么拆掉我的庙呢?
我乞讨了四十一年,才建起它。

我从饿虎,变成榆树,再变成人,
才建起了它。

为了节省一口饭的钱,
我的胃里塞了几条河的沙子。

现在,
你杀掉我吧。

---

① 此诗献给曾祖母。她乞讨数十年在桐城县孔镇建起迎水庵。二十世纪六十年代庵被毁。

哑巴老头看也没看他一眼,
又去城里寻欢作乐了。

他再也不愿回到村里。今天他老病交加,
奄奄一息睡在街头。

僧人仍跪在空房子前。几个月了。
乡亲们东一口、西一口地救活了他。

"他们两个都快死了。"
一个老亲戚在我的书房痛哭流涕。

是啊。
可我早已失去救人、埋人的力气。

我活着却早已不会加固自己。
我稀里糊涂的脸上在剥漆。

漫长的夏季。我度日如年,
我是我自己日渐衰老的玩偶。

2011

石头记

小时候我们埋伏在
榛树丛里
用石块袭击骑车的老人
那时的摩天轮归他们所有。湖水归他们所有
而他们在十字架上，装聋作哑

如今我骑在车上。轮到你们了
胸口刺青的坏小子们
短裙下露出剪刀的姑娘们
轮到你们了
请用 hysteria① 的石块击翻我
请大把大把地，挥霍我剩下的恶名

不要被幽灵般的进化论
吓着了，也不要在幽暗树丛
埋藏太深——
让我看见你们旗杆一样竖着的尾巴

---

① hysteria 常译作歇斯底里。

来吧,请用石头瓦解这个
想脱胎换骨的人
他快老了
拇指经常发抖
勒住这辆失控的自行车已有些吃力
黑白相间的乱发像一座旧花园
来吧,攻击这座逻辑的
旧花园

成长的野史蛊惑着每个人
布满世界的
石头和它泛着苦味的轨迹
我听见我细雨中的扶棺之手这样
哀求着沸腾的石块
来吧
来吧,击碎我

2011

驳詹姆斯·赖特[①]有关轮回的偏见

我们刚洗了澡
坐在防波堤的长椅上
一会儿谈谈哲学
一会儿无聊地朝海里扔着葡萄
我们学习哲学又栽下满山的葡萄树
显然
是为末日作了惊心动魄的准备

说实话我经常失眠
这些年,也有过摆脱欲望的种种努力
现在却讲不清我是
这辆七十吨的载重卡车,还是
吊着它的那根棉线

雨后
被弃去的葡萄千变万化
你在人群中麻木地催促我们

[①] 詹姆斯·赖特(James Wright, 1927-1980),美国诗人,曾深受唐代诗人王维的影响。

向前跨出一步。"你跨出体外,
就能开出一朵花。"①
你总不至认为轮回即是找替身吧
东方的障眼法,向来拒绝第二次观看

我们刚在甜蜜的葡萄中洗了澡
在这根棉线断掉之前
世界仍在大口地喘着气
脚下,蚯蚓仍是青色的
心存孤胆的
海浪仍在一小步一小步涌着来舔礁石
我写给诸位的信正塞进新的信封

2011

---

① 引自詹姆斯·赖特的《幸福》一诗。

拉芳舍①

鹅卵石在傍晚的雨点中滚动
多疑的天气让狗眼发红
它把鼻子抵上来
近乎哀求地看着嵌在玻璃中的我们

狗会担心我们在玻璃中溶化掉?
我们慢慢搅动勺子,向水中注入一种名叫
　　"伴侣"的白色粉末
以减轻杯子的苦味
桌子上摆着幻觉的假花——
狗走进来
一会儿嗅嗅这儿,一会儿嗅嗅那儿
有诗人在电话另一头低低吼着
女诗人躺在云端的机舱,跟医生热烈讨论着
　　她的银质牙箍
我们的孤立让彼此吃惊。惯于插科打诨或
神经质地大笑
只为了证明

---

① 合肥市芜湖路一家咖啡馆,现已倒闭。

我们片刻未曾离开过这个世界
我们从死过的地方又站了起来

这如同狗从一根绳子上
加入我们的生活,又被绳子固定在
一个假想敌的角色中
遛狗的老头扭头呵斥了几声
几排高大的冷杉静静环绕着我们

不用怀疑,我们哪儿也去不了
我们什么也做不成
绳子终会烂在我们手中,而冷杉
将从淤泥中走出来
替代我们坐在那里,成为面目全非的另一代人

2011

菠菜帖

母亲从乡下捎来菠菜一捆
根上带着泥土
这泥土,被我视作礼物的一部分
也是将要剔除的一部分:
——在乡村,泥土有
更多的用途
可用于自杀,也可用来堵住滚烫的喉咙

甚至可以用来猜谜
南方丘陵常见的红壤,雨水
从中间剥离出沙粒
母亲仍喜欢在那上面劳作
它将长出什么?
我猜得中的终将消失
我猜不到的,将统治这个乱纷纷的世界

是谁说过"事物之外,别无思想"?
一首诗的荒谬正在于
它变幻不定的容器
藏不住这一捆不能言说的菠菜

它的青色几乎是
一种抵制——
母亲知道我对世界有着太久的怒气

我转身打电话对母亲说:
"太好吃了。"
"有一种刚出狱的涩味。"
我能看见她在晚餐中的
独饮
菠菜在小酒杯中又将成熟
而这个傍晚将依赖更深的泥土燃尽
我对匮乏的渴求甚于被填饱的渴求

2012

苹　果

今夜，大地的万有引力欢聚在
这一只孤单的苹果上
它渺茫的味道
曾过度让位于我的修辞、我的牙齿
它浑圆的体格曾让我心安
此刻，它再次屈服于这个要将它剖开的人：
当盘子卷起桌面压上我的舌尖
四壁也静静地持刀只等我说出
一个词
是啊，"苹果"
把它还给世界的那棵树已远行至天边

而苹果中自有惩罚
它又酸又甜包含着对我们的敌意
我对况味的贪婪
慢慢改变了我的写作
牛顿之后，它将砸中谁？
多年来
我对词语的忠诚正消耗殆尽
而苹果仍将从明年的枝头涌出

为什么每晚吃掉一只而非一堆?

生活中的孤证形成百善

我父亲临死前唯一想尝一尝的东西

甚至他只想舔一舔

这皮上的红晕

我知道这有多难

鲜艳的事物一直在阻止我们玄思的卷入

我的胃口是如此不同:

我爱吃那些完全干枯的食物

当一个词干枯它背后神圣的通道会立刻显现:

那里,白花正炽

泥沙夹着哭声的建筑扑上我的脸

2012

夜间的一切

我时常觉得自己枯竭了。正如此刻
一家人围着桌子分食菠萝——

菠萝转眼就消失了
而我们的嘴唇仍在半空中,吮吸着

母亲就坐在桌子那边。父亲死后她几近失明
在夜里,灰白的头撞着墙壁

我们从不同的世界伸出舌头。但我永不知道
菠萝在她牙齿上裂出什么样的味道

就像幼时的游戏中我们永不知她藏身何处
在柜子里找她
在钟摆上找她
在淅淅沥沥滴着雨的葵叶的背面找她
事实上,她藏在一支旧钢笔中等着我们前去拧开。没人
             知道
连她自己也不知道

但夜间的一切尽可删除
包括白炽灯下这场对饮
我们像菠萝一样被切开，离去
像杯子一样深深地碰上
嗅着对方，又被走廊尽头什么东西撞着墙壁的
"咚、咚、咚"的声音永恒地隔开

2012

失去的四两

"这世上,到底有没有火中莲、山头浪?"
褒禅山寺的老殿快塌了,而小和尚唇上毫毛尚浅

"今天我买的青菜重一斤二。
洗了洗,只剩下八两"

我们谈时局的危机、佛门的不幸和俗世的婚姻
总觉得有令人窒息的东西在头顶悬着

"其实,那失去的四两,也可以炒着吃"
我们无辜的、绝望的语言耽于游戏——

"卖菜人两手空空下山去"
似乎双方都有余力再造一个世界

当然,炒菜的铲子也可重建大殿。我们浑身
都是缺口,浑身都是伏虎的伤痕

2013.5

秋兴九章(选六)

二

在游船甲板上看柳
被秋风勒索得赤条条的运河柳

它太灰暗了。我们
往它身上填入色彩、线条和不安

……两岸的医院、居民区、加油站
被肃穆松柏环绕的殡仪馆

日常我从不为这些所动
此刻在动荡船舱中,忽觉得

它们有了新内容——穿过焚尸炉
的风,正吹拂我们?

而柳条垂下,像醒目的鞭子
但中年之后我们同样不为

任何新生的感觉所动
对容颜变迁有更深的警惕

放弃观看,闭上眼睛
放弃一切,包括审判

三

我的枯竭,可以像一幅画
那样挂在墙上吗
这面墙空置已久

一个字也写不出时
把双脚搁在旧书架上
对着墙上空白长久地出神

父亲常从这空白中回来
告诉我一点
死亡那边的消息
有时,也会有多年前的
一场小雨停在那里

而秋夜深沉
不能入睡的不止我一个

世间刽子手鼾声如雷
野地的黑窑工不能入睡

南飞的雁鼾声如雷
北飞的雁不能入睡

地下的父亲鼾声如雷
墙上相聚的父子不能入睡

四

钟摆来来回回消磨着我们
每一阵秋风消磨我们

晚报的每一条讣闻消磨着我们
产房中的哇哇啼哭消磨我们

牛粪消磨着我们
弘一也消磨我们

四壁的霉斑消磨着我们
四壁的空白更深地消磨我们

年轻时我们谤佛讥僧,如今
加了点野狐禅

孔子、乌托邦、马戏团轮番来过了
这世界磐石般依然故我

这丧失消磨着我们：当智者以醒悟而
弱者以泪水

当去者以嘲讽而
来者以幻景

只有一个珍贵愿望牢牢吸附着我：
每天有一个陌生人喊出我的名字

五

每时每刻。镜中那个我完好
无损，只是退得远远的——

人终须勘破假我之境
譬如夜半窗前听雨

总觉得万千雨滴中，有那一滴
在分开众水，独自游向湖心亭

汹涌而去的人流中有
那么一张脸在逆风回头

人终须埋掉这些
生动的假我。走得远远的

当灰烬重新成为玫瑰
还有几双眼睛认得?

秋风中,那么深刻的
隐身衣和隐形人……

六

父亲临终前梦见几只麻雀从
祖父喉咙中,扑嗖嗖飞出来

据他另一次描述:在大饥荒年份
祖父饿得瘫痪在坝上
他用最后一点力气抓住
几只饿得飞不动的
幼雀,连皮带骨生吞了下去

从此我对这个物种
和这个词倍觉紧张
我从网络下载了麻雀的无数视频
精研那绞索般细细而锐利的眼神
我看到它们脸上的忧愁
远别于其他鸟类。今天之前

我很难想象会写下这首诗
我只是恐惧某日,在旷野
或黄昏的陋巷中,有一只
老雀突然认出了我……

九

远天浮云涌动,无心又自在
秋日里瓶装墨水湛蓝
每一种冲动呈锯齿状
每一个少年都是欲望的天才
为了人的自由,造物主自囚于强设的模型中

每一片叶子吐着致幻剂
每一棵树闪着盲目磷光
少年忍不住冲到路上
却依然无处可去。秋风像一场大病无边无际

但山楂树,仍可一唱
小河水仍可一饮
诗人仍可疯掉来解放自己
自性蛮荒的巨蟒,仍可隐身于最精致的吊灯

仍可想一想死后
这淳朴的蜘蛛还在,灰颈鹤还在
水中无穷溶解的盐粒还在

载动我们下一次生命的身体，依然无始无终

仍可想一想那瓶中文字
并未断绝；许多人赖以为食的世界之荒诞
远未被掏空
仍可以物象之变，以暗下去的人迹，来匹配这明净秋天

这干灰中仍有种子
可让孤独的人一饮而尽。这小窗之
空和六和塔之空，仍在交替着到来
这旋转的镍币正反两面也
仍可深藏那神秘的、旁若无人的眼睛——

2014年10月写
2016年11月改

杂咏九章（选八）

群树婆娑

最美的旋律是雨点击打
正在枯萎的事物
一切浓淡恰到好处
时间流速得以观测

秋天风大
幻听让我筋疲力尽

而树影，仍在湖面涂抹
胜过所有丹青妙手
还有暮云低垂
令淤泥和寺顶融为一体

万事万物体内戒律如此沁凉
不容我们滚烫的泪水涌出

世间伟大的艺术早已完成

写作的耻辱为何仍循环不息……

死者的仪器

一些朋友在实验室里
用精密仪器，钻研死后的世界

比如一个人消逝后
会变成什么

我常去看我的父亲
在虬松郁郁的孤坟

坟上野花比盆栽的花更红一点
我相信是死者嗅过

坟边栎树，比附近的树更加粗壮
我相信是死者在根部用力

但我投掷于虚空的
相信
在任何一台仪器上都得不到证明

人世被迫造出了
更精密的仪器，造出了蝴蝶

我依然不知父亲死后
变成了什么
但我知道,我们都在急剧地减少
那些

灰色的
消极的
不需要被铭记的

正如久坐于这里的我
曾被坐在别处的我
深深地怀疑过

渐老如匕

旧电线孤而直
它统领下面的化工厂,烟囱林立
铁塔在傍晚显出疲倦
众鸟归巢
闪光的线条经久不散

白鹤来时
我正年幼激越如蓬松之羽
那时我趴在一个人的肩头
向外张望
旧电线摇晃

雨水浇灌桉树与银杏的树顶

如今我孤而直地立于
同一扇窗口
看着高压电线从岭头茫然入云
衰老如匕扎入桌面
容貌在木纹中扩散
而窗外景物仿佛几经催眠

我孤而直。在宽大房间来回走动
房间始终被哀鹤般
两个人的呼吸塞满

梨子的侧面

一阵风把我的眼球吹裂成
眼前这些紫色的葡萄
白的花，黑的鸟，蓝色的河流
画架上
布满沙粒的火焰
我球状的视觉均分在诸物的静穆里

窗外黛青的远山
也被久立的画家一笔取走

我看着她

——保持饥饿感真好
我保持着欲望、饮食、语言上的三重饥饿
体内仿佛空出一大块地方
这种空很大
可以塞进44个师的
轻骑兵
我在我体内晃动着
我站在每一个涌入我体内的物体上出汗
在她的每一笔中

只有爱与被爱依然是一个困境
一阵风吹过殡仪馆的
下午
我搂过她的腰、肩膀、脚踝
她的颤抖
她的神经质
正在烧成一把灰

我安静地垂着头。而她生命中全部的灰
正在赶往那一天
我们刚刚认识
我伸出手说
"你好"……
风吹着素描中一只梨子的侧面

滨湖柳

语言如何作用于一件
简单的东西
比如,一株杨柳

当它试图捕捉柳梢变幻的瞬间
我的小石凳正被
下降的湖水推远

黄昏。结构性的静谧
一种轻度的沮丧到来
语言甚至无法将
杨柳的碧绿从
被无数树种滥用的碧绿中,分离出来

语言中柳树只有瞬间
当它垂下
垂到波浪缓慢雕刻着的
湖水之下
当它轻拂
它几乎碰到了曾被我们放弃的
所有东西

身如密钥

我生活中最头疼的东西
是来自各种密码的拒绝
我天生对数字迟钝
好在湖水没有密码——
但毕加索说,游泳时身体没被
溶化掉
也算是一个奇迹

餐后。散步。植物的记忆力总是惊人
野兰花记得
百年之后
她将开什么颜色、什么形状的花

沟边野鸭
把脑袋深深钻进石缝
像一个人不计后果地
将头插入锁孔
吧嗒吧嗒扭动着

我的手在你体内茫然搅动
中年之后我需要
一具安静再
安静的躯体

像在早被忘掉的一粒种子中空室以待

葵叶的别离

露珠快速滑下葵叶
坠入地面的污秽中
我知道
它们在地层深处
将完成一次分离
明天凌晨将一身剔透再次登上葵叶

在对第二次的向往中
我们老去
但我们不知道第二只脚印能否
精确嵌入昨天的

永不知疲倦的鲁迅
在哪里
恺撒呢

摇篮前晃动的花
下一秒用于葬礼
那些空空的名字
比陨石更具耐心
我听见歌声涌出

天空中蓬松的鸟羽、机舱的残骸
混乱的
相互穿插的风和
我们永难捉摸的去向

——为什么?

葵叶在脚下滚动
我们活在物溢出它自身的
那部分中。词活在奔向对应物的途中

古老的信封

星光在干灰中呈锯齿状
而台灯被拧得接近消失
我对深夜写在废纸上又
旋即烧去的
那几句话入迷

有些声音终是难以入耳
夜间石榴悄悄爆裂
从未被树下屏息相拥的
两个人听见
堤坝上熬过了一个夏季的
芦苇枯去之声如白光衰减
接近干竭的河水磨着卵石

而我喜欢沿滩涂走得更远
在较为陡峭之处听听
最后一缕河水跌下时
那微微撕裂的声音

我深夜写下几句总源于
不知寄给谁的古老冲动
在余烬的唇上翕动的词语
正是让我陷于永默的帮凶

        2015 年 9 月写
        2016 年 9 月改

寒江帖九章（选四）

寒江帖

笔头烂去
谈什么万古愁

也不必谈什么峭壁的逻辑
都不如迎头一棒

我们渺小
但仍会战栗
这战栗穿过雪中城镇、松林、田埂一路绵延而来
这战栗让我们得以与江水并立

在大水上绘下往昔的雪山和狮子。在大水上
绘下今日的我们：
一群弃婴和
浪花一样无声卷起的舌头
在大水上胡乱写几个斗大字

随它散去
浩浩荡荡

秋江帖

去年八月，江边废弃的小学校
荒凉的味道那么好闻
野蒿壮如幼蟒
垃圾像兽类残骸堆积
随手一拍，旧桌子便随着
浮尘掩面而起

窗外正是江水的一处大拐弯
落日充血的巨型圆盘
恰好嵌在了凹处
几根枯枝和
挖掘机长长黑臂探入盘内
——仿佛生来如此
我想，在世界任何一处
此景不复再现

阒寂如泥
涂了满面
但世界的冲动依然难以遏止：
灰鸥在江上俯冲
黑孩子用石块攻击我的窗户

孩子们为何总是不能击中?
他们那么接近我的原型
他们有更凶悍的部队和无限的石块
潜伏于江水深处

我知道数十年后
他们之中,定有一人将侵占
我此刻的位置
他将继承这个破损的窗口,继承窗外
又聋又哑的好世界
这独一无二的好世界

寒江二帖

在过江甲板上
莫问他人名姓
邈远大风将刮走我们的身份
待至大雪封江
两岸茫茫,足以让人耳目一新

有一年冬至日
在无为县江堤的乱坟岗上
我第一次看见黑压压人群列着队
跪向江水大哭

那一刻我们正横穿江面

船上有一车车运往对岸城市

宰杀的各种禽畜

我知道凡有瞳孔

皆有均等的灵魂

它们听到的哭声是否也一模一样?

雪停了。无声时体内更为空旷

可埋进更多的人

江右村二帖

草木也会侵入人的肢体

他将三根断指留在了

珠三角的工厂

入殓前,亲人们用桦枝削成新的手指——

据说几年前

人们用杉木做成脑袋为

另一个人送葬

语言并不能为这些草木器官

提供更深的疲倦

田垄上,更多幼枝被沉甸甸的

无人采摘的瓜果压垮

我们总为不灭的炉膛所累

草木在火中
噼啪作响
那些断指的、无头的人
正在赶回
母亲的米饭已在天边煮熟

2015

遂宁九章

蝴蝶的疲倦

沉静小河上蝴蝶飞来
橘红色晚霞,在粼粼
波光上折射出更多的蝴蝶
像一个人在她变幻
不定的替身中漫游——
我们容易对身体着迷
又苦于灵魂不能在
不同躯壳之间随意腾挪
但文学,恰恰脱胎换骨于
这样的两难之境。这个傍晚
蝴蝶将告诉我们一些什么?
她的分裂造就了庄子
她的虚无让纳博科夫
在灰烬中创造了永恒的洛丽塔
而她的疲倦,也许将
永不为人知……

在永失中

我沿锃亮的铁路线由皖入川
一路上闭着眼,听粗大雨点
砸着窗玻璃的重力。时光
在钢铁中缓缓扩散出涟漪
此时此器无以言传
仿佛仍在我超稳定结构的书房里
听着夜间鸟鸣从四壁
一丝丝渗透进来
这一声和那一声
之间,恍惚隔着无数个世纪
想想李白当年,由川入皖穿透的
正是峭壁猿鸣和江面的漩涡
而此刻,状如枪膛的高铁在
隧道里随我扑入一个接
一个明灭多变的时空
时速六百里足以让蝴蝶的孤独
退回一只茧的孤独——
这一路我丢失墙壁无限
我丢失的鸟鸣从皖南幻影般小山隼
到蜀道艰深的白头翁
这些年我最痛苦的一次丧失是
在五道口一条陋巷里
我看见那个我从椅子上站起来了

慢慢走过来了
两个人脸挨脸坐着
在两个容器里。窗玻璃这边我
打着盹,那边的我在明暗
不定风驰电掣的丢失中

观音山

乌桕树叶。青桐叶。苦楝树叶
黄栌叶
土合欢树叶。榉树叶
小雨笨钟树叶
蚂蚱的视力近于零树叶
老寺的红柱剥漆了树叶
一因多果或一果多因树叶
登阶五百级我体内
分泌的多巴胺抵抗了虚无树叶

栎树叶。槲树叶。猫尾木叶
榛树叶
黄脉刺桐叶。槐树叶
心死了肢体仍
在广场跳舞树叶
跪在时代的积水中树叶
受辱不失为一件奇特的礼物树叶
寻求一致性丝毫也不能减少绝望树叶
我树叶——

斜坡与少年

早上六点多钟。两辆自行车
从柏油斜坡俯冲下来
白衬衫少年忽然
空出一只手,从背包抽出
一根金黄色玉米棒
递到并行的女孩嘴边
她甩了甩头发
飞快地张开嘴
在玉米上狠狠咬了一口

我看见了她猩红的舌头
我愿世间少女
都有一个
看上去毫不设防
又全无悔恨的、猩红的舌头

他们没有减速
自行车也没有铃声
我愿永远逆着光看他们
正如此刻,我一头撞入
自行车后面飞速撤退
的红花绿树的虚影中

玫瑰的愿望

当孤独有着最完美的范例
它一定是费解的

傍晚。静谧的街心花园
我听到一个声音从花柄传来
来吧
品尝我的空洞
填满我的空洞

人炽烈的身体和隔绝的
内心，在玫瑰上
连接起来——
在那里难以冷却

但玫瑰的大脑空空。
我们手持剪刀只是
通过一束花在修剪自己

当这空洞有了颜色，不断绽放
我再没有什么
去试探它们
填满它们

语言呢
语言并不可靠

玫瑰体内坐落着
语言抹不去的
四面八方之苦

堂口观燕

自古的燕子仿佛是
同一只。在自身划下的
线条中它们转瞬即逝

那些线条消失
却并不涣散
正如我们所失去的
在杳不可知的某处
也依然滚烫而完整

檐下它搬来的春泥
闪着失传金属的光泽
当燕子在

凌乱的线条中诉说
我们也在诉说,但彼此都
无力将这诉说

送入对方心里

我想起深夜书架上那无尽的
名字。一个个
正因孤立无援
才又如此密集

在那些书中,燕子哭过吗
多年前我也曾
这样问过你
而哭声,曾塑造了我们

从白鹭开始

一群白鹭仿佛完全
失去重量地浮在半空——
河滩上,有的树木生长极为缓慢
据说世上最迟钝之物是大西洋底的
海蛤,百年之变不及微尘
但它们并未到达全然静止
我想,这个世界至少需要
一种绝对静止的东西
让我看清在刚刚结束的一个
稀薄之梦中,在家乡雨水和
松坡下埋了七年的老父亲那
幅度无穷之小、却从未断绝的运动……

无名的幼体

一岁女婴在此
诸神也须远避
只有她敢抹去神鬼的界线并给
恶魔一个灿烂的笑脸

整个下午我在百货店门口看她
孤赏犹嫌不足
我无数个化身也在看她——

银杏树冠的我
白漆栏杆的我
檐上小青瓦的我,橱窗中
塑胶假肢的我
在小摊上哽咽着吃面条的
外省民工的我
在不远处拱桥洞中
寄居的流浪汉的我
在渺不可见的
空宅中,在旋转的
钥匙下被抵到了疼处的我
吧嗒一声被打开的我
从这一切之上拂过
风的线条的我

若有若无的我
都在目不转睛地看着她
我需要一个掘墓人了
我的衰老像一面日渐陡峭的斜坡

还有半小时我将
远离此城
我静静看着她。我等她在
我慢慢转身之际
迎风长成一个瀑布般闪亮的少女

斗室之舞

我的卧室看起来
简单了点
一张床和灯光下
过于洁净的四壁

过于简单,听上去又
像是一种抵抗
每日晨昏,杂乱鸟鸣和
草丛神秘的虫吟
从四面攻击我的房子

那些声音在墙壁的直线上
撞出微小的弧形后

被生硬地纷纷弹回

而我在床上在幽邃洞穴中
弄出的响声也被枝上
月下、池中的所有耳朵
俯下身来倾听。那些花粉

那些田垄,那些声音
那些我,沉浸于彼此之中

每一刻如此清澈珍贵
每一粒浮尘如此明朗
看上去不可逾越……
下午三点钟的光线中
那些隐秘的泪水
几乎可以忽略不计
我的笔尖牢牢抵住语言中的我
这一刻虫鸟噤声
四壁垂直
而垂直,是多么稀有的祝福

2016.4

大别山瓜蹼之名九章(选三)

泡沫简史

炽烈人世炙我如炭
也赠我小片荫翳清凉如斯
我未曾像薇依和僧璨
那样以苦行
来医治人生的断裂
我没有蒸沙作饭的胃口
也尚未产生割肉伺虎的胆气
我生于万木清新的河岸
是一排排泡沫
来敲我的门
我知道前仆后继的死
必须让位于这争分夺秒的破裂
暮晚的河面,流漩相接
我看着无边的泡沫破裂
在它们破裂并恢复为流水之前
有一种神秘力量尚未命名
仿佛思想的怪物正

无依无靠隐身其中
我知道把一个个语言与意志的
破裂连接起来舞动
乃是我终生的工作
必须惜己如蝼蚁
我的大厦正建筑在空空如也的泡沫上

三角梅

想在院中空地
种棵三角梅
但五年了
那块地仍在空着

这并不妨碍我常站那出神
跟土壤低声讨论
哪片叶子蔫了而
溢出旁枝又该如何修理
有一天我竟然梦到这棵
三角梅哭了
当我告诉你,我种了棵
会哭的三角梅
你们信吗?

你们信不信并不妨碍它的
香气夜间爬进

我的窗户
当她安静,这香味气若游丝
当她哭
这香味如盲马夜行

终归平面之诗

晨雾中耸伏的群峰终将被
瓦解为一首平面之诗
枝头翻滚的鸟儿终将飞入
白纸上已画成的鸟之体内
永息于沉静的墨水

六和塔终将被磨平
涌出的血将被止住
不断破土的巨树终将被
一片片落叶终结于地面
荡妇将躺上手术台
街头乱窜的摩托车和刺透
耳膜的消防车将散入流沙
平面终为忧患
我们将再听不到时间扑哧
扑哧埋葬我们的声音
誓言已经讲完
无声将成永恒
只有哀伤的平面一望无际

像我这样破釜沉舟想把语言
立起来的人将比任何人
更快消失在一张纸上
只有语言能在它与我们的微妙
缝隙中，撕掉我们脸上的绷带
平面大为忧患
但平面仍会持续

          2016.10

横琴岛九章(选七)

孤岛的蔚蓝

卡尔维诺说,重负之下人们
会奋不顾身扑向某种轻

成为碎片。在把自己撕成更小
碎片的快慰中认识自我

我们的力量只够在一块
碎片上固定自己

折枝。写作。频繁做梦——
围绕不幸构成短暂的暖流

感觉自己在孤岛上
岛的四周是

很深的拒绝或很深的厌倦
才能形成的那种蔚蓝

蝴蝶的世界

我们会突然地失去
所有的语调
所有的方法
面对朝我们快速移来的事物哑口无言

面对在岩石上,像是死了
一会儿又
翩翩而去的蝴蝶哑口无言

蝴蝶千变万化
而我必须一动不动

我知道,只有我对它的想象
才是它的监狱
它终会漏下一点点光亮

傍晚,蝴蝶覆盖我
但蝴蝶能教会我们如何适应一座
一个字也没有、一种方法也没有
却终生如泣如诉的新世界吗?

沙滩夜饮

盘中摆满了深海的软体动物
动物被烤熟的
样子更为孤独
姑娘们从非枝叶,而是主干
她们浑身冒着泡沫:
舶来啤酒的
泡沫
螃蟹转瞬即逝
仿佛她们全身洞穴所哺育的
也绝非这几个
天性脆弱的诗人

据说螃蟹荒凉的硬壳
更易引发幻觉
我渴望看到姑娘们拒绝但
她们几乎从不拒绝
她们很快融入了我们的粗俗并
把更醒目的粗俗拖往
夜色茫茫的海岸

以病为师

经常地,我觉得自己的语言病了

有些是来历不明的病
凝视但不必急于治愈
因为语言的善,最终有赖它的驱动

那么,什么是语言的善呢?
它是刚剖开、香未尽的柠檬
也可能并不存在这只柠檬
但我必须追踪它的不存在

过伶仃洋

浑浊的海水动荡难眠
其中必有一缕
是我家乡不安的小溪
万里跋涉而至
无论何处人群,必有人
来担负这伶仃之名

也必有人俯身
仰面等着众人踩过
看见那黑暗——
我来到这里
我的书桌动荡难眠
不管写下什么,都不过是在
形式的困境中反复确认
此生深陷于盲者之所视

聋者之所闻

我触摸到的水，想象中的
水
呜咽着相互问候
在这两者微妙的缝隙里
跨海大桥正接近完工
当海风顺着巨大的
悬索盘旋而上
白浪一排排涌来，仿佛只有
大海猜中了我们真正偏爱的
正是以这伶仃之名捕获
与世界永恒决裂的湛蓝技艺

深夜驾车自番禺去珠海

车灯创造了旷野的黑暗
我被埋伏在
那里的一切眼睛所看见
我
孤立
被看见

黑暗只是掩体。但黑暗令人着迷
我在另一种语言中长大
在一个个冰冷的词连接

而成的隧道中
寂静何其悠长
我保持着两个身体的均衡
和四个黑色轮毂的匀速

飞蠓不断扑灭在车玻璃上
它们是一个个而非
一群。只有孤立的事物才值得记下

但多少黑暗中的起舞
哭泣
并未被我们记下
车载音乐被拧到最低
接近消失——
我因衰老而丢掉的身体在
旷野
在那些我描述过的年轻桦树上
在小河水中
正站起身来

看着另一个我坐在
亮如白昼的驾驶舱里
渐行渐远
成为雨水尽头更深更黑暗的一部分

夜登横琴岛

大海所藏并不比一根针尖的
所藏更多。是怎样一只手
在其中挖掘——
它还要挖掘多久？ 从太空
俯瞰，大海仍呈思想的大饥荒色
横琴岛却被压缩为欲望的针尖

诗人们持续走失于
针尖的迷宫之内
去年巨树繁花相似，今日霓虹
四分五裂。一切变化
总是恰在好处——
岛上的人居复杂
街衢五门十姓
散着血缘的混杂之力。虽是
方言难懂，舌尖下却自有
那绵延的古音未绝

路边的罗汉松、小叶榕
得到了美妙的修剪
门牌琳琅，声色的荷尔蒙神秘均分
于闲步的老人、妇女和儿童之间
岛曰横琴，澳门隔岸

当大海对一座岛疯狂的磨损再也
继续不下去了
这针尖中自有一双手伸出来
把这张琴弹得连夜色也忘不了
一个仅仅从它皮肤上无声滑过的人

        2016 年 11 月写于珠海
         2017 年 1 月改

裂隙九章(选四)

不可多得的容器

我书房中的容器
都是空的
几个小钵,以前种过水仙花
有过璀璨片刻
但它们统统被清空了
我在书房不舍昼夜地写作
跟这种空
有什么样的关系?
精研眼前事物和
不可见的恒河水
总是貌似刁钻、晦涩——
难以作答
我的写作和这窗缝中逼过来的
碧云天,有什么样的关系?
多数时刻
我一无所系地抵案而眠

二者之间

清晨环绕着我房子的
有两件东西
斑鸠和杨柳

我写作时
雕琢的斑鸠,宣泄的杨柳
我喝茶时
注满的斑鸠,掏空的杨柳
我失眠时
焦灼的斑鸠,紧绷的杨柳
我冥想时
对立的斑鸠,和解的杨柳

我动一动,斑鸠丢失
我停下
杨柳又来
视觉的信任在触觉中加固着
这点点滴滴
又几人懂得?
我最想捕获的是
杨柳的斑鸠,斑鸠的杨柳
只是我的心
下沉得还不够深

不足将这般景象呈现出来

但两者的缝隙
正容我身
我在这分裂中又一次醒来

黄鹂

用漫天大火焚烧
冬末的旷野
让那些毁不掉的东西出现

这是农民再造世界的经验
也是凡·高的空空妙手
坐在余烬中画下晨星
他懂得极度饥饿之时，星空才会旋转

而僵硬的死讯之侧
草木的弹性正恢复
另有一物懂得，极度饥饿之时
钻石才会出现裂隙
她才能脱身而出

她鹅黄地、无限稚嫩地扑出来了
她站不稳
哦，欢迎黄鹂来到这个

尖锐又迟钝至极的世界

岁聿其逝

防波堤上一棵柳树
陷在数不清的柳树之中
绕湖跑步的女孩
正一棵棵穿过
她跑得太快了
一次次冲破自己的躯壳
而湖上
白鹭很慢
在女孩与白鹭的裂隙里
下夜班的护士正走下
红色出租车
一年将尽
白鹭取走它在世间的一切
紧贴着水面正安静地离去

2016

不可说九章(选三)

早春

风在空房子墙上找到一株
未完成的牡丹
并
久久吹拂着它

有一个母亲
轻手轻脚在做早餐
窗外
雨点稀疏
荷花仍在枯荷中

渺茫的本体

每一个缄默物体等着我
剥离出它体内的呼救声
湖水说不
遂有涟漪

这远非一个假设：当我
跑步至小湖边
湖水刚刚形成

当我攀至山顶，在磨得
皮开肉绽的鞋底
六和塔刚刚建成
在塔顶闲坐了几分钟
直射的光线让人恍惚
这恍惚不可说
这一眼望去的水浊舟孤不可说
这一身迟来的大汗不可说
这芭蕉叶上的
漫长空白不可说
我的出现
像宁静江面突然伸出一只手
摇几下就
永远地消失了
这只手不可说

这由即兴物象压缩而成的
诗的身体不可说
一切语言尽可废去，在
语言的无限弹性把我的
无数具身体从这一瞬间打捞出来的
生死两茫茫不可说

湖心亭

老柳树披头散发
树干粗糙如
遗骸

而飞蠓呢,它们是新鲜的
还是苍老的?
飞蠓一生只活几秒钟

但飞蠓中也有千锤百炼的思想家
也攻城略地
筑起讲经堂
飞蠓中的诗人也无限缓慢地
铺开一张白纸
描述此刻的湖水
此刻的我

在它们的遗忘深处
堆积着我们不知道的东西
它们悠长的
睡梦中
早春造型的冲动
也一样起源于风?

在这个充满回声、反光
与抵制的
世界上

这几秒越磨越亮
它们的湖心亭
我的湖水

2016

茅山格物九章(选三)

良愿

不动声色的良愿像尘埃
傍晚的湖泊呈现靛青色

鸟在低空,不生变
枯草伏岸,不生疑
只一会儿,榆树浓得只剩下轮廓

迎面而来的老者
脸上有石质的清冷

这一切其实并不值得写下
淤泥乌黑柔软
让我想起胎盘

我是被自然界的荒凉一口
一口
喂大的。远处

夸张的楼群和霓虹灯加深着它

轻霜般完美
轻霜般不能永续

深嗅

油菜花伏地而黄
一场小雨结束，油菜花落
杏花落，李花落
凋零的花瓣有如赤子

不用作任何努力，第二年
她们都将重返枝头

我也将目击更多不幸
我体内废墟会堆得更高

他人的，我自己的，和臆想的……

但乡村的寂静和
统一是体制性的
它甚至会埋藏起自己的
失败
先起身来迎接我

等这场小雨结束
"无为"二字将在积水中闪光
葛洪医生
请修补我

鸟鸣山涧图

那些鸟鸣,那些羽毛
仿佛从枯肠里
缓缓地
向外抚慰着我们

随着鸟鸣的移动,野兰花
满山乱跑
几株峭壁上站得稳的
在斧皴法中得以遗传

庭院依壁而起,老香榧树
八百余年闭门不出
此刻仰面静吮着
从天而降的花粉

而白头鹎闭目敛翅
从岩顶快速滑向谷底
像是睡着了
快撞上巨石才张翅而避

我们在起伏不定的
语调中
也像是睡着了
又本能地避开快速靠近的陷阱

2016

入洞庭九章(选三)

南洞庭湿地

所有地貌中我独爱湿地
它们把我变成一个
两个,或分身为许多个
寡淡的迷途者
在木制栈道上,踩着鹭鸶模糊的
喉咙走向湖泊深处
又看见自己仍在远处枯苇丛
同一个原点上

此生多少迷茫时刻
总以为再度不过了
附身于叛道离经的恶习
被淡淡树影蔽着,永不为外人所知
只在月明星稀的蛮荒之中
才放胆为自己一辩

徒有哀鹭之鸣

以为呼朋引类

徒觉头颅过重

最终仍需轻轻放平

听见第二个我在焦灼呼唤

我站在原地不动

等着汹涌而旋的水光把我抛到

南洞庭茫茫湿地的外边

登岳阳楼后记

此楼曾被毁灭 63 次

打动我的,并非它形体的变化

也不是我们酒杯的一次次倾覆

不是环湖百里小摊贩淆乱和

灰暗的灯火

也非史志中

灰暗的循环

不是这夜鹭为水中倒影所惊

也不是弦月如硬核永嵌于

不动的湖心

不是一日日被湖水逼而后撤的堤岸

也并非我们与范仲淹颓丧如灰的

相互质疑从未中断

毁灭二字并不足奇

年年新柳难以尽述自身

除了在这一切之上悄然拂过却
从不损坏任何事物外壳
我们一次次进入却
永无法置身其中的玄思与物哀——

谒屈子祠记

江水的涟漪像从他的死中被
松绑了出来
早晨,农民焚烧入秋的蓬蒿
光线在我们脸上逃逸

新一天的光线在
头顶逃逸
我在静谧山道追念一个人的终结:
他的语言和我们一样,必将输掉
与江水、草木的战争
我小心翼翼切割这词与物的脐带
看着他,看着他的老祠堂如同
他在泥土中乌黑的终结

人世来到剧烈动荡的新秩序中
而他在江水上撕裂的
伤口早已缝合
这新松不再是他了
这锯末,也不再是他了

只有今晨读他的诗依然
新鲜又艰涩如第一眼
如同他把一座被艰难清空的世界
小心翼翼地又
交还到了我们手上

2016

黄钟入室九章(选五)

自然的伦理

晚饭后坐在阳台上
坐在风的线条中
风的浮力,正是它的思想
鸟鸣,被我们的耳朵
塑造出来
蝴蝶的斑斓来自它的自我折磨
一只短尾雀,在
晾衣绳上踱来踱去
它教会我如何将
每一次的观看,都
变成第一次观看——
我每个瞬间的形象
被晚风固定下来,并
永恒保存在某处
世上没有什么铁律或不能
废去的奥义
世上只有我们无法摆脱的

自然的伦理

欲望销尽之时

我不知什么是幻象
也从未目睹过
任何可疑的幻象
我面前这碗
小米粥上
漂荡着密集的、困苦的小舟
我就活在这
历代的凝视中

我的肖像

在全然的黑暗中从
颅骨深处浮出的脸
才是我们最真实的肖像
我更愿我的脸，是
薇依的脸
裹在病房的脏床单里
附着于她的光线
要越少越好
黑暗将赋予我们通灵的视力

"知我者"是个幻觉

"我还活着"是二次幻觉

我等着一双手
从我的脸中
剥离出一张衰老的狮子的脸
肖像填补着世代的淡漠
这双手,或许来过或许
早已放弃了我
我写作,是这一悲剧的延续

清明祭父:传灯录

这么说吧,我身上
每一滴血都
不是凭空产生的
伏身于麒麟之上
把这滴血从虚无中
输送给我的人
此刻深埋在荒岗上
我为他点亮过一盏灯
那些光线,和它在
语言中哀伤的所见:
我的经幡由我的贫瘠构成
我在哭声中没有姓名——
但我区分尘与土
人类的泪水和愿望

因为这区分而
永不会被耗尽

匿身于麒麟的饥渴
我将死掉,并将从我写下的
每一个字中回来:
看见这灯的不灭

黄钟入室

钟声抚摸了室内每一
物体后才会缓缓离开
我低埋如墙角之蝼蚁
翅膀的震颤咬合着黄铜的震颤
偶尔到达同一的节律
有时我看着八大画下的
那些枯枝,那些鸟
我愿意被这些鸟抓住的愈少愈好
我愿意钟声的治疗愈少愈好
钟声不知从何处来也不知
往何处去
它的单一和震颤,让我忘不掉
我对这个世界阴鸷的爱为何
总是难以趋于平静——

2016

脏水中的玫瑰九章(选四)

静脉

推窗看见叶落了
秋天的静脉冷而灰蓝
枯萎不是爱在远去
而是爱在来临

虚幻的拱廊

每晚散步穿过一片杨梅树林
顺着茂密虬枝下的漫长甬道
我好像走到了
宇宙深处
脚下是安静裂开的恒星
陨石浮在深奥的轨道上
更多时刻我知道
头顶不过是转瞬溃烂的人间果实

脏水中的玫瑰

写作首要的是顺应自然之力
夜雨落在青瓦上、假山上
枯草上
自省随时随地发生
年轻时代统治着我的
情欲再次充满我全身
夜雨，将洗净街头垃圾
这是本能的伟力——
身体：我睡在这暂时的容器中
是什么使这容器透明，我也将
在它之中醒来
但夜雨仍逼迫我看见别的
我看见脏水中的玫瑰
我愿意是那脏水

山花璀璨

萤火虫在废墟上
一闪一灭
松针在寺前不停落下
为了维持我们这颗心一直醒着

湖水映出我们的脸

小路将脚印
引入深山
到达早已种下的墓碑前
都是维持我们这颗心一直醒着、敞开着

被火烧成佛像的泥土
被斧头劈成寺门的枯木
它们从自己身上
看见了什么?

山花璀璨
巨婴静静等着那
裹着他的腹部裂开

我们在醒着之中盲目昏睡的时间太长了,妈妈

2016

叶落满坡九章（选四）

远天无鹤

我总被街头那些清凉的脸吸附
每天的市井像
火球途经蚁穴
有时会来一场雷雨
众人逃散——
总有那么几张清凉的
脸，从人群中浮现出来
这些脸，不是晴空无鹤的状态
不是苏轼讲的死灰吹不起
也远非寡言
这么简单
有时在网络的黑暗空间
就那么一两句话
让我捕捉到它们
仿佛从千百年中萃取的清凉
流转到了这些脸上
我想——这如同饥荒之年

即便是饿殍遍地的
饥荒之年，也总有
那么几粒种子在
远行人至死不渝的口袋里

芦花

我有一个朋友
他也有沉重肉身
却终生四海游荡，背弃众人
趴在泥泞中
只拍摄芦花
这么轻的东西

鸦巢欲坠

在老家那些旧房子里
我总是找到
最暗的那间
坐在窗前看盛夏的
光线怒穿苦楝树冠
带着响声，射进屋内来

而光阴偏转，每间房子
轮流成为那最暗的一间
冬日里，小河冻住了

夜间听到它底层仍在流动
像若有若无的哭声

再去听又找不到了
父亲死后,他的竹箫
像细细墓碑挂在墙上
母亲开始担心房子会塌掉
我最喜欢的仍是十一月底
光线整体寡淡。从每个
房间都能看到堤上
叶子剥光的大树
那一排排,黑色的鸦巢欲坠

榕冠寄意

树冠下阴影巨大像
几十年正逶迤而来

我默踞树下一隅。除我之外
身边所有的空白都在说话

小时候我羞怯异常,内心却
充满不知何来的蛮勇

如今这两样,全失去了
后来读点书,也写过几本书

我渴望我的文字能彻底
溶解掉我生活的形象

像海水漫涌过来。再无一物可失
的寂静让我说不出话来

我永踞一隅。等着时间慢慢
把树影从我脸上移走

把这束强光从背后移走
让我安心做个被完全虚构的人

        2017 年 2 月写
        2017 年 4 月改

白头鸭鸟九章(选七)

直觉诗

诗须植根于人的错觉
才能把上帝掩藏的东西取回
不错,诗正是伟大的错觉
如果需要
可以添加进一些字、词

然而诗并非添加
诗是忘却。像老僧用脏水洗脸
世上多少清风入隙、俯仰皆得的轻松

但诗终是一个迟到。须遭遇更多荒谬
耐心找到
它的裂缝
然后醒在这个裂缝里

这份悖谬多么蓬勃、苍郁
我们被复杂的本能鞭打着走

这份展开多么美。如脏水之
不曾有、老僧之不曾见

向自然的衰老致敬诗

失败的肉体冒着热气
人老了更易生出偏激的念头
继续把生活简化为欲望的搏斗并在搏斗中
举起白旗

汗水中两个人淌在了一起
汗水中耳语
汗水中奋力抓到一块平地
灯光黑漆如发
说起年轻时,这唏嘘竖一杆醒目的白旗

疲倦依次展开
是生理的,也是心理的

好在我刚刚
学会了从枯枝和废墟中吮吸甘露
饮下床头这杯凉水
向自然的衰老致敬

夜雨诗

夜间下了场大雨
卧室里更加闷热
忍不住开窗,去触碰雨滴
此刻雨点仿佛来自史前
有种谦卑又难以描述的沁凉
这双手放在雨中
连同它做过的一切,就这么
静静地被理解、被接受、被稀释
池中荷叶一下子长大了
像深碧的环状入口卧在
水面,仿佛我们必须
从那儿远去……

悬月诗

月悬两窗之间。跟我对称的那个窗内
当年黄髻白裙、十一二岁的瘦弱小姑娘
一步步长高,变胖,衰老——
她还会成为碎片、灰烬。如果她愿意
她终将穿越轮回的灰烬做一个新人
活在一扇新木窗下。但此刻月悬两窗
之间,一切有关消亡的戏剧都未发生
玻璃中我看着脸上的阴影面积

慢慢漂移，扩大。而每一片自楼顶披下
的光线，仿佛能敲出旧金属的回声
对岸。她也在这纯白虚无中打着盹？
二十年来，这一小窗雨雪霏霏足以裁下
只有一次我看见别的：当月亮运行到一个
奇异角度，我窥见她窗口后的长廊
那个尽头的房间，仿佛永远有一个
深度昏厥的人，等着我们前去急救

山居一日诗

"自我"匿身在疾病而非治愈中
但我的疾病不值一提

也许所有人的疾病，都不值一提
我对我的虚荣
焦躁
孤独
有过深深的怜悯
而怜悯何尝不是更炽烈的疾病

客观的经验压迫。除了亲手写下
别无土壤可以扎根——
疾病推门而入像个故人

在山中住了一夜

但语义上的空山
又能帮上我什么？

满山有踪迹但不知
是谁的
满山花开，每一朵都被
先我一步的人深深闻过

绷带诗

七月多雨
两场雷雨的间隙最是珍贵。水上风来
窗台有蜻蜓的断肢和透明的羽翼

诗中最艰难的东西，就在
你把一杯水轻轻
放在我面前这个动作里

诗有曲折多窍的身体
"让一首诗定形的，有时并非
词的精密运动而是
偶然砸到你鼻梁的鸟粪或
意外闯入的一束光线"——

世世代代为我们解开绷带的，是
同一双手；让我们在一无所有中新生膏腴的

在语言之外为我们达成神秘平衡的
是这,同一种东西……

铁索横江,而鸟儿自轻

白头鹎鸟诗

夜间岛屿有点凉。白头鹎鸟清淡的
叫声,呼应着我缓缓降温的身体
海上有灯塔,我已无心远望
星空满是密码,我再不会去
费力地剖开。白头鹎鸟舌底若有
若无的邈远——带来了几个词
在我心底久久冲撞着。我垂手而立
等着这些词消失后的静谧,构成
一首诗。在不知名的巨大树冠下
此时,风吹来哪怕一颗芥粒,也会
成为巨大的母体。哪怕涌出一种自欺
也会演化为体内漫长疾病的治愈

2017.7

敬亭假托兼怀谢朓九章(选五)

暴雨洗过敬亭山

竹笋裹着金字塔尖胀破雨后的
地面。把我从这苍黄棺椁剥出来的

是我自己的手。让我陷入绝境的
是我自己的语言

面对众人我无法说出的话
在此刻这幽独中仍难表达

我踱步,在自己危险的书房里
像辨认山林暝色中有哪些

埋不掉的东西。是死者要将喉中
无法完成之物送回地面

这雨滴。这寂静
这绵绵无尽头的延续

遍及我周身。遍及我痛苦阅历中的
每一行脚印,每一个字

苍鹭斜飞

山道上我和迎面扑来的一只
苍鹭瞬间四目相对

我看见我伏在
它灰暗又凸出的眼球上

我在那里多久了? 看着它隐入
余光涂抹的栎树林里

平日在喧嚣街头也常有几片
肮脏羽毛无端飘至跟前

这羽毛信上写些什么? 栎树林安静地
向四面敞开,风轻难以描述

被她的泪水彻底溶化之前,我
从那里看见什么——

又忘掉些什么? 我知道我永不会
从那单纯的球体滑落下来

在那里我有一种
灰暗而永恒的生活

崖边口占

闲看惊雀何如?
凌厉古调难弹
斧斫老松何如?
断口正欲为我加冕

悬崖何时来到我的
体内又何时离去?
山水有尚未猎取的憨直
余晖久积而为琥珀
从绝壁攀缘而下的女游客
一身好闻的
青木瓜之味

枯树赋

上山时见一株巨大枯树
横卧路侧
被雷击过又似被完整地剥了皮
乌黑喑哑地泛着光
我猜偷伐者定然寝食不安

但二十人合围也不能尽揽入怀的
树干令他们畏而止步

在满目青翠中这种
不顾一切的死,确实太醒目了

像一个人大睁着眼睛坐在
无边无际的盲者中间
他该说些什么?

倘以此独死为独活呢?
万木皆因忍受而葱茏
我们也可以一身苍翠地死去

我们也可用时代的满目疮痍加上
这棵枯树再构出谢朓的心跳
而忘了有一种拒绝从
他空空的名字上秘密地遗传至今

柔软的下午

下午我在厢房喝茶
透过浮尘看着坡上
缓慢移动的
一棵梨树
厢房像墓穴一样安静

那些死去的诗人埋在我身上

一只猫过来
卧在我脚边
它呈现旧棉絮的柔软,淤泥的柔软
和整座寺庙的僧侣从未
说出过的柔软

2017

扬州:物哀曲

老来要听些单旋律的歌
单旋律,且无限循环
枯草中甲虫之声,贴近死者的呼吸
小桥头二胡之声,夹着听不懂的方音
无须翻山越岭,最好原地不动

无须醒悟
醒悟乃丢失
无须完整的形象
最好只有一根线条在游动
除了这根线条,再无所知
在叶落之时

坐在扬州听
世上再无第二处可以替代

2018 年 9 月写
2019 年 12 月改

知不死记九章（选七）

废行记

雨后枯藤丛中
废铁管卧如人体。荒凉的铁锈味踩着
它的空心，刺穿我的天灵盖。我爱着这气息

每日跑步。到远郊大面积的
废墟上
找一艘废潜艇来坐，找一片
脏羽毛来听
那些废弃和无用，抚慰着我
我和我的躯壳冲动地
朝不同方向走。暮霭中你
颔首问候的是哪一个

湖面更暗，形同我的桌面。
枯苇：插在泥中的笔！
夜色拢来，我在我的笔中会歇息几年
我触碰了某种枯竭

像荒原在雷电下蹿出野火

那些废铁管,会发芽、起舞。我也会随之起舞

夜行记

你们说要有源头

如果这首诗,偏以无名无姓为食呢

你们爱着旋舞的水晶鞋

如果这首诗,偏以盲者

之眼窝、跛者之

病腿为食

以我们的一意孤行和

不可思议的麻木为食呢

如果这首诗无以为食

像杂货铺前饿狗

搜遍了垃圾箱却

什么也没找到……

路两侧小店呆滞的灯光连绵

夜行者持续的梦境压着泪水

倾干的酒杯正从我手中离去

我根本不知词的独木舟

将驶向何处

如果这首诗,以我们永不知鞋底之下
我们的父亲埋得有多深为食呢

马鬃岭宿酒记

当速朽登高一呼,鸟鸣从枯枝
败叶中找到了我的耳朵
昨夜在山下小旅馆烂醉不起
哪些人围着我,为我敷上热毛巾
醒来后四肢依然僵硬
虫吟的浮力,让板床更加笨重
侧起身,从门缝中看见
月光千锤百炼的清淡

……找到一种压制的均衡
我的耳朵和墓碑下深埋的
那些耳朵,在一只白头翁的
梦中啁啾上完成了曼妙转换
我置身于死者之中
死得越久、剩得越少的死者
越让我心安。它伏身为我低唱
身体中码头仍在干涸……身体
中的流水何曾一刻停歇

当速朽登高一呼,这夜间风吹帘动
搅拌着玻璃杯中的光影

落叶拍打面颊仿佛一个

告诫：如果只有一桩事可做

那依然是，加速写下自己

曾无息而共饮的死者围着我

只有词的……词的无穷盲动榨干了身体

知不死记

吃出葡萄中

南方沙壤与下弦月共酿

的味道足够。但仍要向前

跨出一步

懂得有另一张嘴

先于你尝过了它

站在结构的空白处

听窗前孩子

读出你的诗足够。但仍要向前

跨出一步

让孩子觉知有灵魂附体又

阻止他说出

飞鸟足够，劫持足够

一问一答足够

是什么令桂花异香熏人？

把树影中仰起的脸与

星光缝合起来足够

我必须同时是这

隐秘的一针一线足够

清晰的物象足够

不死的形象足够

是什么令这小鸟逆风扑窗

又是什么,让它永恒的脚蹼暗红

怒河春醒[①]记

在那些梦中……怒河春醒

我顶着一块白色塑料布

到河边察看,捕虾网的

竹竿是否被洪水冲走

这一小块干燥的世界在

大雨中移动

河面遗忘的漩涡吸引着少年

现在只剩下鼻子能

返回那些春夜

嗅着父亲干枯的手

和他蹑手蹑脚翻拣墙角

———————

① 引自当代作家韩松落同名散文集。

拖拉机零件时七十年代
劣质机油的气味……当那引擎启动

被北风压低的吼声还在
在雨和雨的罅隙里……这一小块
世界为死者所占据
从不因恐惧而丢失
我也会加入这清静
从现象上它只是那么一小块
白色、透明、移动的荒地

入藏记

初冬，种子贮藏了植物神经
的战栗后又被踩入泥土
鼠尾草分泌的微毒气息引人入胜
山中贼和心中贼，交替涌伏

我有人间晚霞似火
能否佐你一杯老酒
山路发白，仿佛已被烧成灰烬
皴裂树干在充分裸露中欲迎初雪

枯枝像一只手在斜坡耗尽了力气
保持着脚印在种子内部不被吹散
哦，时光，羞愧……绳索越拧越紧

脱掉铠甲的矢车菊眼神越发清凉

观银杏记

落下来,让我们觉得
人生原本有所依靠
落下来,而且堆积
我们在她的衰容前睁开眼睛

这些鳞片在下坠中
自体的旋转夹带着嗡嗡声
在夏日,我们脑壳被直射
的光线晒得开裂
此刻我们完好的身体悄然前来

来,测试一下这身体有多深
寺院安静像软木塞堵住瓶口
头皮乌青的年轻僧侣
为越冬的牡丹穿上稻草衣①
荨麻扫帚正将枯叶赶往一处
我们体内的大河改道,掘墓人
变为守墓人仿佛都已完成

在午后小雨中我们唱歌

---

① 引自北京翠微山法海寺壁画内容。

这歌声只在闪亮的
叶子下面滚动
不会站到叶子上面去
我们因为爱这些叶子而获得解放

            2018.11

一枝黄花

鸟鸣四起如乱石泉涌。

有的鸟鸣像丢失了什么。

听觉的、嗅觉的、触觉的、

味觉的鸟鸣在

我不同器官上

触碰着未知物。

花香透窗而入,以颗粒连接着颗粒的形式。

我看不见那些鸟,

但我触碰到那丢失。

射入窗帘的光线在

鸟鸣和

花香上搭建出钻石般多棱的通灵结构——

我闭着眼,觉得此生仍有望从

安静中抵达

绝对的安静,

并在那里完成世上最伟大的征服:

以词语,去说出

窗台上这

一枝黄花

2018

零

从一到二的写作中我
挣扎太久了,
从零到一的写作还未到来。
世上任何一件东西,一片烂菜叶
一只废纸篓都足以
让我凝神。
这是我再熟悉不过的世界,
但这个世界是可悲的。
磨损,还余四座城门。
每日背着椅子和前一天剩下的我
慢慢,向前走着。那合乎自然的
丧失之美还未到来……

2018

止 息

值得一记的是
我高烧三日的灼热双眼
看见这一湖霜冻的芦苇:
一种更艰难的
单纯……
忍受,或貌似忍受
疾病给我们超验的生活
而自然,只有模糊而缄默的
本性。枯苇在翠鸟双腿后蹬
的重力中震动不已
这枯中的震颤
螺旋中的自噬
星星点点,永不能止息

2018

再均衡

在众多思想中我偏爱荒郊之色。
在所有技法中,我需要一把
镂虚空的小刀——
被深冬剥光的树木,
行走在亡者之间。
草叶、轻霜上有鞭痕。
世界充溢着纯粹的他者的寂静。
我越来越有耐心面对
年轻时感到恐惧的事情。
凝视湖水:一个冷而硬的概念。
在不知何来的重力、不知何往的
浮力之间,我静卧如断线后再获均衡的氢气球。

2018

羞　辱

我曾蒙受的羞辱，那些扭曲的人，或事
时常回到我心里。像盆中未尽的炭火复明

但不再有一个我，感到烧灼——
这些年我在退缩

仿佛我的多产，也是一种退缩
像阴影为强光所驱逐
退缩，一直到我曾经难以隐身的

那些羞辱之中
依然可以在那儿坐下，走动，醒来
当我醒来，觉得
……它平静的利爪仍踩在我脸上

受辱依然可以成为，我诗句的一个源头
而我不必再急于否认

……当它重来。窗外的
小雨中梨花尽白

仿佛这个神秘时刻

可以一直持续到

我们真正垂亡之时

而早已湮灭的那些日子，那复杂的远行中

我未曾抛弃过任何一件笨重而阴郁的行李

2018

裸　露

湖水舔舐柳树裸露的根部
我在这亘古不变的机械运动中
坐了整整一个下午。入夏的湖水灰暗
它的孤独也从未稀释过
我的孤独。有时,栗背伯劳结伴飞过
湖水耐心地将倒影中的羽毛、体温和
心跳分割在层层涟漪中……也裹挟着我
又一次去舔舐柳树衰老又
洁净如新生儿的,前额

2018

土　壤

我们的手,将我们作为弱者的形象
固定在一张又一张白纸上

——写作。
在他人的哭声中站定

内心逼迫我们看见、听见的
我们全都看见了,听见了

抑郁,在几乎每一点上恶化着——雾顺着
粗粝树干和
呆滞的高压铁塔向四周弥散

雾中的鸟鸣凌厉,此起彼伏,正从我们体内
取走一些东西
我们的枯竭像脏口袋一样敞开着

仿佛从中,仍可掏出更多
我们身上埋着更多的弱者

诗需要，偏僻而坚定的土壤

我们没有找到这土壤

2018

春 雨

某个早晨我醒来。桃红木收音机
播送泰坦尼克正撞入冰山的新闻
我们都曾被有形或无形的庞然大物
切入,在梦中,在文字中,留下残骸
而身体,丧失了对这一切的记忆……
曲折的南方小镇。我的窗口
高架桥上白色的高铁车厢宛如
静止。各种时间之窗摞着像一本书
铁青的湖面封闭着
年幼的桦树起舞
把手伸出,试探春雨
我的手中,另一双手正冰冷地撤离

2018

匮 乏

写下一行诗就有
一种匮乏，在其中显形

我无以为继
可悲的是我仍在继续

在城内醒目的废墟上挖掘机和
忧愁的铁锹一起努力着……
我不再置身那些整理出来的
正义、良善、清明的开阔空地
我是从我身上溃败而去
的一切，是这废墟，随着夜间载重卡车
转运到更为幽僻之处或者被

埋入更深的地下。
一种结构性的溃败仍
在我的身上

当灌木林鸟声如雨……那鸟声是从
我身上撕去的碎片

如今来补我的脱落

干涸猛烈展开着
在笔下
也在我床头柜上闪烁着永恒睡意的
这几粒浑圆小药丸中
展开着——

有时候我无端写下几句
令自己不适，抑制，止步

一种更绝对、灰暗的顺从……
此刻。与我毫不相干的
这首诗
正由我头顶黯淡
披下的干硬光线中
环绕我并
慢慢在我身上
找寻着裂口的微粒来完成

2018

瘦西湖

礁石镂空
湖心亭陡峭
透着古匠人的胆识
他们深知,这一切有湖水
的柔弱来平衡

对称的美学在一碟
小笼包的褶皱上得到释放
筷子,追逐盘中寂静的鱼群

午后的湖水在任何时代
都像一场大梦
白鹭假寐,垂在半空
它翅下的压力,让荷叶慢慢张开
但语言真正的玄奥在于
一旦醒来,白鹭的俯冲有多快
荷花的虚无就有多快

2018

云泥九章

1

铁轨切入的荒芜
有未知之物在熟透
两侧黑洞洞的窗口空着
又像是还未空掉,只是
一种空,在那里凝神远眺

在"空"之前冠之以一种,
还是一次? 这想法折磨着我

在我们的语言中
"一次"中有壁立
而"一种"中有绵长

没人知道窗口为什么空掉
远行者暗自立誓百年不归
火车从裂开的山体中穿过
车顶之上是漂移的桉树林

雨中的桉树青青。忧愁壁立
忧患绵长

2

蓊郁之林中那些枯树呢
人群里一心退却
已近隐形的那些人呢

窗外快速撤走的森林让人出神
雨中的，黑色的
巨型森林单纯专注如孤树
而人群，像一块铁幕堵住我的嘴
我听不到自己的声音
看上去又像我从不
急于回答自己
几个小时的旅途，我反复
沉浸在这两个突发的
令人着魔的问题之中

以枯为美的，那些树呢
弃我而行又永不止息的那些人呢

3

塔身巍峨，塔尖难解

黑鸟飞去像塔基忽然溢出了一部分

黑鸟在减速的
钢化玻璃中,也在
湖面之灰上艰难地移动自己
湖水由这个小黑点率领着向天际铺展
直到我们再也看不见它
冷战之门,在那里关上
黑鸟取走的,在门背后会丧失吗

当高铁和古塔相遇在
刹那的视觉建筑中
数十代登塔人何在
醉生梦死的樱花树何在
映入寺门的积雪何在
我只剩这黑鸟在手,寥寥几笔建成此塔又在
条缕状喷射的夕光中奇异地让它坍塌了大半

4

高铁因故障暂停于郊外。一种
现实的气味,一个突如其来的断面

石榴树枝在幻觉中轻柔摆动
风的线条赤裸着,环绕我们

小黑狗恹恹欲睡
旧诊所前空无一人
暮光为几处垃圾堆镀上了金边

没有医生,没有病人,没有矛盾
渗着血迹的白衬衫在绳子上已经干透

我拥有石榴趋向浑圆时的寂静
我的血迹,在别人的白衬衫上,已经干透

5

旷野有赤子吗
赤子从不来我们中间

瞧瞧晨光中绿蜻蜓
灰椋鸟
溪头忘饮的老牯牛
嵌入石灰岩化石的尾羽龙

瞧瞧一路上,乱石满途而乱石自在
紫云英葳蕤而紫云英全不自知
轻曳的苦楝,仿佛有千手千眼

它们眼底的洁净、懵懂
出入废物箱的啮齿类动物

它们眼底的灰暗、怯懦
全都是我们的，不是它们自己的

语言拥有羞辱，所以我们收获不多
文学本能地构造出赤子的颓败
我们不能像小草、轻风和
朝露一样抵达土中漫长的冥想

车厢外，这些超越了形式
的身体炙热、衰老、湮灭
这一双双眼睛周而复始

这些云中
和泥中的眼睛

6

那个孩子坐在土中做梦
看见自己和一个小伙伴在荒山夜行
受到惊吓，把手电筒扔出好远

手电筒在满是大石头的坡上滚动
喷涌的光柱胡乱切割着春夜的
黑宝石。棱面上折射的光令他目盲

他死之前，我最后一次到 B 地看他

生意上的接连挫败让他病体枯竭
我坐在那儿陪着他
给他讲述一座座荒山的名字

我知道光线已不在我们手中
躲在墓碑后出汗的肢体,再回不了体内

会有一股稀有的蛮力
把我们吞入曾经的那个壳中吗

在那里,吮吸黑暗。旧电筒之光在
大石头中兀自滚动。许多年。凝成那诗句

7

在密室中听她唱歌
为她拉上厚厚丝绒窗帘
写了三年,只唱一次。说罢她就
把涂抹着词谱的小本子烧掉了

我坐在慢慢升起的椅子上听着
脑中有朵孤云
静静悬在那儿

歌声像泄密的沙子堆满了走廊和
贮存白炽灯、古籍及冰块的书房

很奇怪,我从灯罩下的淡淡阴影
而非她的喉咙,从她灰鹤一样
的细脖子而非她的美貌中
获得了满足
那歌声攻击,又压抑,在四壁回旋

你好,回程中的春雪
你好,伤口
孤云多年闲挂着
她从未触碰到那儿

8

路灯照着一小块扇形
的雨点,幽灵般闪亮

大部分旅途是黑暗的
运气好时
有个一言不发的邻座

钥匙开启某些东西
有些眼睛凉下来
看见困顿又静谧
的雨点
坐在,另一些
雨点之上

雨点剥开
几条肮脏街道的生活剥开
灌木丛上拂动的白塑料袋犹似白绫
一些名字野狐般失踪

我曾有怎样一双眼睛,现在不在了
B地依然不可知、不可测、不可控
接下来还有糊涂的几十年是

四海一家还是独守
一隅,没人这样问过我

9

木门在夏季暴雨的击打中变形
父亲每次进来,先得狠狠踹上一脚
门外树梢的月亮越过他的
肩膀一下子抵到我的额头

这是我对月亮最初的印象
基于它呈现的苍白和虚无
我们在此失去的可能更多
父亲死去十一年了
我竟然一次也没梦到过他

不悬于任何一根钉子的月亮

不依靠任何事物而成的恍惚
滋养着我们慢慢对应
写作最深的迷人之境

是逝者伴随我们完成从
A 地到 B 地的徒然迁徙
父亲高挂于途中任何一处

干干净净的风吹着
我们从它的空心一次次由云入泥

2019.4

月朗星稀九章

1

世事喧嚣
暴雨频来
但总有月朗星稀之时

在堆积杂物和空酒坛的
阳台上目击猎户座与人马座
之间古老又规律的空白颤动
算不算一件很幸福的事?
以前从不凝视空白
现在到了霜降时节
我终于有
能力逼迫这颤动同时发生在一个词
的内部,虽然我决意不再去寻找这个词

我不是孤松
不是丧家之人
我的内心尚未成为废墟

还不配与这月朗星稀深深依偎在一起

2

深夜在书房读书
我从浩瀚星空得到的温暖并
不比街角的煎饼摊更多
我一针一线再塑
的自我，并不比偶然闯到
地板上的这只小灰鼠更为明晰
文字喂育的一切如今愈加饥饿
拿什么去痛哭古人、留赠来者？

小灰鼠怯步而行
我屏住呼吸让它觉得我是
一具木偶
我终将离去而它会发现我是
它亲手雕刻的一具旧木偶

我攻城拔寨获得的温暖并
不比茫然偶得的更多
四壁一动不动仿佛有什么在
其中屏住了呼吸
来自他者的温暖
越有限，越令人着迷
我写作是必须坐到这具必朽之身的对面

3

像枯枝充溢着语言之光
在那些,必然的形象里

细小的枯枝可扎成一束
被人抱着坐上出租车
回到夜间的公寓
拧亮孤儿般的台灯
把它插在瓶子深处的清水中

有时在郊外
几朵梅花紧紧依附在大片大片
的枯枝上
灵异暗香由此而来

哪怕只是貌似在枯去
它的意义更加不可捉摸

昏暗走廊中有什么绊住了我
你的声音,还在那些枯枝里吗

4

如何把一首诗写得更温暖些

这真是个令人头疼的问题
旧照片中你的头发呈现
深秋榛树叶子的颜色
风中小湖动荡不息
疲倦作为一种礼物
我曾反复送给你
三十余年徒留下力竭而鸣的痕迹
当代生活正在急剧冷却
你的美总是那么不合时宜

5

终有一日我们
知道空白是滚烫的
像我埋掉父亲的遗体后他
住过的那间大屋子空荡荡

八大山人结构中的空白够
大吗？是的，足以让整个世界裸泳
而他在其中只
画一条枯鱼

这空白对我的教诲由来已久
奇怪的是我的欲望依然茂盛

在一条枯鱼体内

如何随它游动呢

物哀,可能是所有诗人的母亲
终有一日我连这一点点物哀也
要彻底磨去
像夜里我关掉书房的灯
那正在衰减的天光
来到我对面的墙上

6

老理发师眼力昏聩,剪着
剪着几乎趴在了我肩上
他不停踩着旧转椅下的弹簧
这样的店本城只此一家
年轻一代一律学习韩国
敷粉之面过于夸张

我不能看到什么就
写下什么
午后瓦脊上的鸟鸣也是种障碍

木窗外小水洼安静
枯荷是一种危险的语言
老理发师靠在椅子上睡着了
水洼上的空白是他的梦境

秋日短促,秋风拂面
我必须等着他醒来
等他把雪白的大围巾从
我脖子上取下来
我无处可去。我总不能得到什么
就献出什么

7

我常去翠微路一家名为
地狱面馆的小店吃点面条
酸菜牛肉风味最佳

这风味可能来自奈良?
这对小夫妻并未到过日本
可能来自失传的北宋?
我看见许多代人若断若续

门口的麻雀,被扔进油锅的还
来不及褪去它在
轻雾中翻滚的笑脸
尚未被捕捉到的,在
灌木丛中叽叽喳喳叫着

我们吃光了大地上的黑麦、野芹

和鸢尾
我们只需半小时就煮烂一只羊头

但秋天并未因此空掉
新的生命产卵、破壳
新的写作者幻想着在语言中破壁

但破壁,又几乎是不可能的
合理的生活取自冷酷的生活
哪有什么可说的,连这碗汤也喝干吧

8

词,会成为人的长眠之地吗
一个词在句子中停顿
但下一个词中
的舌根有可能是冰凉的

发不出声音也好
缄默乃我辈天赋
把一个销声匿迹的人从
他写下的诗中挖掘出来也好——
人类所能出入的门如此之窄
据说正常视力在 380 至
780 纳米的电磁波之间
正常听觉在 20 至

两万赫兹的频率之间
写作是这空白茫茫中针尖闪耀
我们只是在探索不成为盲者或
哑者的可能……

只有唯一性在薪火相传
如果某日我的一首诗被
另一人以我期盼的语调读出
我只能认为这是人类
有史以来最狭小也最炽烈的传奇

9

那些曾击穿我的
石头,成为我身体的一部分

石头埋掉裸体的死者比一个人
在土砾中烂掉然后一点点顺着
葡萄藤重新回到枝头更
贴近一个写作者的渴望
旧我不再醒来
但体内的石头需要一次清理

这些石头如此耀眼
它们洞穿我时会换一个名字
在同一个位置上,那些曾

凌辱我的,或者
试图碎我如齑粉的……

一个词内在的灼热
像奇异音乐环绕我
枯叶的声音暖融融
新我何时到来? 不知道。
因恐惧而长出翅膀是必然的
我脚底的轻霜在歌唱这致命的磨损

2019.10

博物馆之暮

博物馆剔透的琥珀中
昆虫半睁着眼睛
某个早晨,她刚刚醒来
永恒的凝固忽然发生了

这大致是弱者揳入历史的唯一甬道。

连同醒来时,脸上还未散尽的空虚
弱者的历史总是耐受而寂静的
早上的露珠,羽毛
马桶
海风中起舞的脏衣服
在印度婆罗门教和波斯教熏陶下
的街巷,与宋朝其他州县迥然不同
晨钟暮鼓。刺桐花红……
这一切被錾入青石其义何在?
入暮的展厅内残碑断石如乱句
像一首诗把一闪念和
微弱的叹息凝固起来

博物馆和诗的本义是嘴唇触碰
嘴唇。说出来，才可以活下去——

琥珀中昆虫继续醒来，只是更为缓慢
而我依然可以透过玻璃
看着石雕的明月从
石雕的海面上升起来

          2019.12

为弘一法师纪念馆前的枯树而作

弘一堂前,此身枯去
为拯救而搭建的脚手架正在拆除
这枯萎,和我同一步赶到这里
这枯萎朗然在目
仿佛在告诫:生者纵是葳蕤绵延也需要
来自死者的一次提醒

枯萎发生在谁的
体内更抚慰人心?
弘一和李叔同,依然需要争辩
用手摸上去,秃枝的静谧比新叶的
温软更令人心动
仿佛活着永是小心翼翼地试探而
濒死才是一种宣言

来者簇拥去者荒疏
你远行时,还是个
骨节粗大的少年
和身边须垂如柱的榕树群相比
顶多只算个死婴

这枯萎是来,还是去?
时间逼迫弘一在密室写下悲欣交集四个错字

2019

万安渡桥头

结伴出游的诗人在桥头走散
几滴水在海面被稀释

导游在我们随身佩戴的耳麦中
焦灼呼唤:向某处集中——

一个人丢失,集体便得不到默认
但群体并非声气相求的同类。我依然

渴望像一个词被
放错位置,不出现在某个句子中

等着真正危险而美的际遇在
艰涩的相互搜寻中产生

目睹群体的崩溃在下午深拂的
偃静流云中。一个人隐形

宛如很多人在同一个点上凝神。
等着别人把我从一粒沙中挖出来

而牡蛎,在海滨吐纳躁烈的腥气
耳麦中导游的召唤,像越来越衰弱的哀告

2019

一日七札

小孤山

雨中与几位亲人告别
愿墓碑之下,另一世界
规则简单易懂一点
供他们干活的梯子矮一点
碗中不再有虫子
愿那边的松树更好看
更忍耐,长得也更快

在山下我坐了很久
河面偶尔划出白鳞
那些看上去牢不可破的东西
其实可以轻柔漫过脚背
我们很难在其中醒来
小孤山,从前在河的
南面如今在北面
只是一阵无人觉察
的轻风移走了它

放风筝者

孩子们在堤上摔倒、消失
风筝越飞越高

少年时须是仰起脸
配得上风筝的激越
如今我手握着断线
只有这双手,懂得两种以上的生活

闲云、荫翳
新人、遗产
风筝无名无姓
少年时我被反复告诫:不要在原地终老

松枝木柄

我对三岁唯一的记忆,小院春雪未融
父亲屁股抵在黑色大腌菜缸上
为我的小灯笼,削一节松枝的木柄

那天夜里我是蹒跚的巨人
手提微光,在低水位上冻住的河面独自前行

兰若寺

蝴蝶只活在蝴蝶这个词中
才是最安全的
世上并无恒常不易的表达
连一阵风过,也说不明白
哪怕是建在一粒灰尘
之内的寺院也会倒塌
蝴蝶时而一动不动
活着,比飞起来有更少的笔画

契约

"沉湎于外在"是一种
必要的生活吗? 确实。

今天我心情大好
要与你做成一笔情和欲的交易
来,披我缁衣,听我疯话
日后你做我的扶棺人

蚯蚓

将蚯蚓一铲两断帮我理解了
博纳富瓦的一席话

如果万物真的只活在表面
并无内外之分,那么
断成两截的东西呢?
两头都活着,猩红地蠕动
让人无法精确地将某一部分称之
为肉体,而另一部分呼之为灵魂

避雨之所

下雨了。许多人把衣服顶在头上
在广场盲目地跑动
当然,这盲目是假象
他们有确定的避雨之所

广场建起之前这儿是片棚户区
劣质沥青炼成的
油毛毡屋顶之下
贫穷、刺激、叛逆的味道伴随着
酒馆的月亮。无数个夜晚我们推杯换盏

但我们又相互丢失
三十年从不相互寻找
这不免让人惊讶。或许只是
对同一顶帽子下的避雨感到厌倦

雨中有巨鲸在游动

雨把旧东西擦亮又
再次弄脏一些人
我对自己固化的身体难以置信

积水中有大爆炸静静发生过了
有时我掀开窗帘,看见自己突然
又坐在那块大石头上
冷杉从嘴中长出来
我一开口就触碰到它无语的矗立

2020.4.3

空椅子

朋友们曾像潮水涌来
填满我书房的空椅子,又潮水般退去

某个人的某句话,我在很久
之后才有所醒悟
仿佛在这些椅子上空掉的
东西,还可以再掏空一次

有些人来过多次,在雨夜
有些长谈曾激荡人心
我全都忘记了
某种空,是一心锤炼的结果
但锤炼或许并无意义
那些椅子摆在深渊里

有一个,在某场疫病中死去
他的妻子打电话来
仿佛只是打给这里的某张空椅子
我不确定他在哪个位置坐过
夜里。在黑暗中,最安静的时刻

我把每张可能陷于低泣

的空椅子都坐了一遍

2020

双　樱

在那棵野樱树占据的位置上
瞬间的樱花,恒久的丢失
你看见的是哪一个?

先是不知名的某物从我的
躯壳中向外张望
接着才是我自己在张望。细雨落下

几乎不能确认风的存在
当一株怒开,另一株的凋零寸步不让

2020

久违了康德先生

摆脱《纯粹理性批判》的
方式是读《西游记》,反之亦然。
关门避疫这一个多月
我重读这两本极端之书
在这个年代,单一的康德和
单一的悟空都透着难以忍受的苦味
把他们敲碎了揉在一起才妙趣横生
谁是思想的受精卵
谁又是祛魅的定时钟
谢谢你们的陪伴啊
康德的专制、乌有
悟空的激越、哀伤

2020

巨石为冠

相对而言,我更喜欢丧乱时代的诗人
他们以巨石为冠
写黄四娘戏蝶的杜甫
只是杜甫的一种例外
这里面释放着必要的均衡之妙
当一个人以巨石的嶙峋为冠
也必以樱花的稍纵即逝为冠

以泡沫为冠者,也必以长针为冠
但刺破的地方不一定有真相
以湖水的茫然为冠者
期望着语言的遁世之舟
以歧路和荆棘为冠者期待着
久击之下,必有一醒

但真相是我迟迟难以醒来
骂骂咧咧的年轻一代以
尖锐之物袭击老去的诗人
远大于窗口的巨石和碎片,密布于我的桌面

2020

无我的残缺

身体的残缺在深埋后会由泥土补上
我们腰悬这一块无所惧的泥土在春日喷射花蕊花粉
为什么生命总是污泥满面啊又不绝如大雾中远去的万
　　　　　　　　　　　　重山

2020

顺河而下

险滩之后河面陡然开阔了
地势渐有顺从之美
碧水深涡,野鸭泅渡
长空点缀几朵白色的垃圾

我们沿途的恶俗玩笑
你们在别处,也能听到
我们听过的哭声不算稀有
在桥头,我想起人这一辈子只够
从深渊打捞起一件东西

一件,够不够多?
光线正射入冷杉林
孤独时想纵声高歌一曲
未开口就觉得疲倦

2020

击壤歌:寄雷平阳

去埋掉它而非挖掘
去成为它而非哀悼
写作只为了深藏一件东西?
成熟来过了,二度的生涩难为
一意孤行了,适时的止步难为
灰尘落在脸上
才是我讲的新面孔
重逢时,照着桌面的是另一盏孤灯

2020

红薯的百年一梦

大病过后
卖烤红薯的老夫妻再没回来
一种必然的变迁？ 还是别的什么
躯体衰老,自当另有归属

……老年人懂得那意思。
从傍晚的街角开始
薯类野蛮的身体被
炙烤、撕裂,突然呈现某种
虚无的香气直扑脑门
像是从地底它曾试探的最深位置上来
而我,将不复再闻
我只是从不信任年轻人烤熟的东西

小区门口老油漆工也没回来
而我书中灰头土脸的
大队人马,旧平原
正需要刷一遍新漆——

世上多少地窖中红薯藏身

明日垄上它们还将绿油油的
其茂盛，连油漆也不能遮掩

红薯的百年一梦什么样
互不惊扰的世界又什么样……
人老了自当退隐
消失在名字背后
剩下的是我们
孤立无援的也是我们

2020

一本旧书

雨点打在灰色的桥面
那些连续的、拱形的古桥洞迷人

敲击桥洞的那些雨点失重
风的旋涡卷着它们形成的弱偏离中
一些人，一些事到来

从前有一本书描写雨点打在
两张入眠的脸上
寥寥几滴，来自夜空
但两张脸挨着，不再醒来
桥洞另一侧黑白的榛树丛茂密

潜水者头顶的哗哗声
站在桥上决心一死的少女
隔着桥洞，形成一种对应

穿越古桥洞时，我站在船头
低一低头就能过去
因为那本书，我选择了仰面——

接下来两秒的昏暗中
压在我脸上的,是洞内壁干燥的枯藤
一种锁在箱子里的
旧东西:雨点。
舢板下那两秒的流水让人老去

2020

芥末须弥:寄胡亮

五十多了,更渴望在自己划定的禁地写作
于芥子硬壳之中,看须弥山的不可穷尽
让每天的生活越来越具体、琐碎、清晰
鸟儿在枯草丛中,也像在我随心所欲
写下的字、词、句、篇的丛林中散步……
我活在它脚印之中,不在这脚印之外
寒来暑往,鸟儿掉下羽毛又长出羽毛
窗外光线崩散,弥漫着静谧、莫名的旋律
我住在这缄默之中,不再看向这缄默之外
想说的话越来越少了,有时只剩下几个字
朝霞晚霞,一字之别
虚空碧空,裸眼可见
随身边物起舞吧,哪里有什么顿悟渐悟
一切敞开着,无一物能将自我藏匿起来
赤膊赤脚,水阔风凉
枫叶蕉叶,触目即逝
读读看,这几个字的区别在哪里
芥末须弥,这既离且合的玄妙裂隙在哪里
我被激荡着,充满着,又分明一直是空心的

2020 年作
2024 年改

泡沫七首

泡沫

迷途中处处水丰草美
贾科梅蒂①画下晦涩的、流逝的钟表

拿什么验证此为迷途?
……答案是

我什么也证实不了。我们可能
寄生于一个泡沫中永难自觉

有一天,我想到时间和空间的
刻度问题。譬如蜉蝣,朝生暮死

——而在它自己的维度上
蜉蝣正为如何度过漫长的一生而
挠破头皮。草履虫正为心底一首诗

---

① 贾科梅蒂(1901—1966),瑞士画家,雕塑大师。

不能在光和风中显形，浑身燠热难安

泡沫

绳子：一截柔软的、由无数
一闪念组成的身体
在东方人的心理构造中绳子是
一个奇特的喻体。线性、对仗
的两端，一端叫作"始"，另一端
必须叫作"终"。如果形成闭环
两端就消失，逐得圆融之意……
也有将两端都呼为"我"的怪人：
在《世说新语·品藻》中
殷浩说："我与我
周旋久，宁作我"——

这哪是一千六百年前该说的话？
仿佛只是昨天下午"因癫痫发作
在办公室沙发上窒息"的胡续冬①遗言
有"白猫脱脱迷失"之美……

他饲喂的猫仍踯躅于暮色

---

① 胡续冬（1974—2021），当代重要诗人、翻译家。他多年喂养北大校园中的流浪猫。"白猫脱脱迷失"为其一首诗的标题。

一旦他的手静止,那些猫
可能并不存在——相对于语言的绵长
猫,确实只是一闪念。而说诗人之生命
"始"于某刻,又"终"于某刻
不过是个狡黠又粗暴的说法
当绳子尚未形成圆环之时
我与我,注定不能凝结成"我们",但——

至少我们还可以猜猜看
在殷浩和
胡续冬之间,在这根寸寸流失的绳子上
如果此端是泡沫
谁,才是另一端的暗礁?

泡沫

找一块与江水平行之地
夜里,波浪像静穆石头列队走过
旧绷带解开

许多年前
小舢板在江心涡漩上原地打转
在巨大眩晕中
一家人,不能直立行走……

又是江上月白。忽地惊讶于
我从未有过
任何一行诗句
与获救的愿望有关

泡沫

阿什贝利说:"勘测时间的空牢房"
又,岂止是……

人类完成史上最粗鲁的自我囚禁之后

座头鲸游弋的海域
噪音垂直下降了25倍
淡水溪流中
鲑鱼卵子更透明了
蜥蜴扒开更多沙坑,投身于孤雌生殖
在日本奈良
梅花鹿占领了警察局和寺院

而我们永不知在墙壁另一侧
是垢面蓬头还是对镜花黄
邻里之间,犹似秘境
只有诗的秘密愈加大白于街巷

诗的秘密就是

树影斑驳静谧
花粉在风中传播更快

诗的秘密是印度人从
棚户区
看见了雪山

泡沫

水的薄壁、弧度：
难以言喻的精纯
世上仍需要打磨泡沫的人
只有诗人，因经历太多挫败
必不负泡沫设计师的美名

我们一辈子写作大抵只为了
能站到泡沫内在的穹顶之下
看那潮汐，平畴，山林，高速公路
小村镇，旧剧场，空椅子……
如此熟悉，却是另一个
这一年我失去太多
——八月，过太原
忽记起元好问诗句：
"横汾路，寂寞当年箫鼓"

失踪、湮灭的名字

充塞着各个角落
世界的恒定与冷漠不增不减

横汾路何在？ 我记得暗处的唏嘘
仰起的笑脸……
各眼见各花的时辰
同向瘠处行的背影

八月底，安徽天就凉了。书房久坐一如深海

泡沫

骤雨之后，枝枝叶叶上聚珠攒沫
看上去更像一群蝴蝶：
是光在折射

是光的碎片的博物馆——

今年夏季洪水太多了
谁在乎这是一个巨轮
在泡沫中掉头的夏天？

傍晚光线偏转
某种尺度改变
谁在乎这是钻石
正化为积碳的夏天？

人世的脆弱和斑斓在孩子们
眼球上,同时被牢牢固定

我满抽屉的泡沫,看上去
更像彩色鳞翅目昆虫的夏天
……《史记》和显微镜
无法分离的夏天

泡沫

论迹不论心,看看手中物
论心不论迹,谈谈量子纠缠?

世界远非可见的这么简单
许多变种,我们全然不再认得
父亲死去十三年,如果他
只是一个泡沫破灭了
那凝成人形回我梦中的,是什么?
如果昨夜他额头滚下的汗珠
在我肌肤上的烧灼乃为真实
那么,当年死掉的又是什么?
我身在一隅,我踱步
并不期待长针的刺破

甚至并不急于弄清楚

他，我们……是不变的时光旅行者
还是难以捉摸的瞬间存在物
——窗外，起雾了

肉身易朽，其一刹之坚固
却也毕露无遗
巫宁坤说：我归来，我受难，我幸存
弘仁说：万壑千崖独杖藜

2021.8

枯七首

枯

每年冬天，枯荷展开一个死者的风姿
我们分明知道，这也是一个不死者的风姿
渐进式衰变令人着迷
但世上确有单一而永无尽头的生活
枯的表面，即是枯的全部
除此再无别的想象
死不过是日光下旋转硬币的某一面
为什么只有枯，才是一种登临

枯

当我枯时，窗外有樱花

墙角坏掉的水管仍在凌乱喷射
铁锈与水渍，在壁上速写如古画

我久立窗前。没有目标的远望，因何出神?

以枯为食的愿望
能否在今天达成一种簇新的取舍?

这两年突然有了新的嗅觉
过滤掉那些不想听、不忍见、不足信的
我回来了
看上去又像
正欲全身而退
我写作
我投向诸井的小木桶曾一枯到底

唯有皮肤上苦修的沁凉,仍可在更枯中放大一倍
远处
大面积荒滩与荒苇摇曳

当我枯时,人世间水位在高涨

枯

枯枝和新雪依偎
这久别之后,苦的形象,也是爱的形象

为了这形象,树枝经历了一次死,新雪完成了空无中
一次脱胎换骨的凝成
当寂静达到某个阈值
被覆盖的道路、码头、医院浮了起来

我们也会慢慢溢到自己体外
新雪之下
枯的面貌
多么遒劲、好看——
一树枯枝披着雪的乱发,远行到我的眼前
新雪的煞亮让人恍惚、目盲

而我仍须等到此雪融去,此枝复萌
才有那无物之枯的降临
此刻,寂静达到了这个阈值
生死无间隔啊这依偎的、苦的形象,这么久,又这么深

在冷风中听一声生涩的晚钟远去

枯

从幼虫变为成虫,蝉蜕下空壳。
我想起老僧云游去了,
搭在禅房椅背上,他灰色的旧袈裟

我们的双重身体,要腾空哪一个——
写作者困扰于生活的消磨与
文字的刺穿之间,必须有那么一面镜子
为自己阴晴不定的面孔造像

用力,再用力些,像蝉,吮吸词之树液

扔掉，多扔掉些，但终究是
挫败令我们的羽翼日渐透明
佩索阿在镜中说："我做过许多个
恺撒，但终不是，真正的恺撒"

蝉的嘶叫，壳的永默
我们不舍昼夜的立言……
在九华山，我见过圆寂的僧人
"一千年了，他的头发仍在生长

脸颊上，有种说不出的弹性"
瓦瓮中，他的笑容在继续枯去：
世上仅有这种可见、可听、可品尝的消逝，
只是眼、耳、舌尖依然会欺骗我们
我对一切重生皆无偏见，但无法

确定灵魂这只昔日的
笼中之鸟，今日是否仍在笼中

枯

湖水在窗外。夕光下
折叠的波浪
仍有大片可删除的空间

滴水观音在书房的左侧

熬过了七个寒暑，越长越旺盛
墨玉般的阔叶，紧密而恒远的呼吸
我不记得曾给它浇过水，但毫无
疑问，我浇过了，年复一年——

湖水不可共享而
他者的饥渴，永是一个难题
我在夜读的几乎每一分钟，都触碰到

他者……因他者而生的阅读
充塞着漫漫长夜
我在狭窄书房的漫步，可以直上四壁、天花板……

也许饥渴从未发生
那也没什么
有时我去取，插在书架最顶端的书
站在梯子上就睡着了
吊灯昏暗，梯子立在湖底的淤泥中

枯

近来总梦见九十年代初期那几年，
深夜，一个人慢慢踢着落叶回家

在合肥的老环城马路上。乌桕的叶子，皂角树的叶子，
　　　　　　　　　　　　　　　刺槐的叶子

那时楼房低矮,红砖建筑连片
小巷游荡着刚入城的养蜂人、捕蝇人、磨刀人
年久失修的旧监狱、防空洞改造成小舞厅
阴鸷的幻想……
一床乱书、舶来的思想、多巴胺、德里达和
俚俗的舞步,迟缓地哺育着我

小面馆很脏,没人觉得它脏
牛仔裤脏了,挂在宿舍前榛树上
让暴雨冲刷几天……
我下颚坚硬,短髭如铁,内心愚蠢又僻静
接受各种纪律的呵斥、训诫
我不计前程,只牢记着要活下去

我记得一个怪人,说一句话,语气有三次转折
有个傍晚他蹲在桥墩下,崩溃大哭
当时我因何事在河边?
眼前,叶落很轻……一无所依地落着

胸腔中轰鸣的寂静,一层层地,能摸得到
好长的一段丢失——
我们怎么就成了今天这个样子,这群人
梦中我认出白蜡的叶子,榉树的叶子,梧桐的叶子
接着认出了枯叶中行走的那个人

枯

一件东西枯了,别的事物
再不能
将阴影投在它的上面

雨点击打它再没有声音
哪怕是你彻夜不眠数过的、珍稀的雨点
虚无被它吸收

春日葳蕤,有为枯而歌之必需
写作在继续,有止步、手足无措之必需
暮年迫近,有二度生涩之必需

文学中,因枯而设的喑哑隧道
突然地你就在它的里面
仍是旧的世界,旧的雨点,只是它裂开了
慢慢咀嚼吧,浸入全部感官,咀嚼到遥远星际的碎冰

2021

灰暗的广袤

车窗外是大平原灰暗的广袤
雾中泡桐苦楝连绵
后面是些什么
什么样的吞噬,在深处正发生

我小时就在这灰暗的广袤中游荡
雾的涌起,其实是滋滋有声的
村中一律关门闭户
永不言弃的生活并不适合穷人

雾真大啊,眉毛是湿的
撕裂过的地方它涌进来填补
我知道,有一小块土地有
一小块肌肤是最敏感的……

生育和养育无休无止
词在变轻。难以描述,就不再描述

2021

双河溶洞

一

人：一根短暂、脆弱的芦苇

昔我，今我
两根芦苇一前一后

站在

岩壁的水滴慢慢凝成、钙化、堆积
形成一米多高石笋需要七亿年时光的

双河溶洞里……

二

"不为时使"：确实！ 人应当消解对时间的畏惧

而"心为身役"

不过是桑塔格的一句酒后妄语

想想已虚度的岁月,难免心悸
那么多种意外……每一次都足以毁灭我们

即便,人是如此自欺、多病的一根芦苇
生命的蛮力
照样要来我们身上雕刻

欲望的火
来烧我们
我们终将成为几乎同质、等量的一小撮灰

"在语言中,我们会迥然不同吗?"

吃早餐时,一只斑斓的蛱蝶落在
碗沿上

仿佛在展开一种轻讽
"既为弱者,又何事不能释怀?"

三

绥阳县漫山遍野都是蝴蝶

凋零触地又再次飞起的,是枯叶蝶

粗绒麝凤蝶，藏眼蝶，毕节梳灰蝶，古眼蝶，斜纹绿凤
蝶……我
一只也不认识，我只搜到了这些通灵的名字

整整一个上午。在双河客栈前草坝上
懵懂的它们一直
绕着更加懵懂的我翩翩起舞

蝴蝶的生命低限只有七天
想想，它们消耗掉一辈子的十多分之一
为我舞蹈
或者，为我低泣

我欲共舞却
无法为它们穿上水晶鞋
我欲远行，它们藏起了我的战靴和司南

那个上午我净重23克
双翅湛蓝
我的勇气足以"去战壕中为孩子们
挡一颗子弹"

四

邈阔洞穴里，褐色巨石状如仍在搏动的心脏

——谁的心脏?

蜂巢结构的洞穴,每一个都是
正在痉挛中紧缩的子宫……谁的子宫?

因为我的一首诗,梅尔①为此洞命名"丹青洞"
说实话,我很惭愧
略觉安慰的是
当深夜的人工射灯投照壁上诗句
永伴它的,只有两种生物:
盲飞的蝙蝠和

岩体罅隙中,一种尚未命名的小鱼

好吧,说说这种小鱼
血和肉形同乌有
亿万载黑暗的压力,令它浑身骨骼全然透明

五

我被迫进入某种寂静之中
越往溶洞深处走
越是明白,寂静

---

① 女诗人,本名高尚梅。贵州绥阳双河溶洞"十二背后"景区的设计者与建设者。

是有刻度的

巨石也会呜咽当风从它艰涩的
凹槽与背脊上拂过
是风的声音还是
石头的声音?
让我想一想,我来这里
干什么
……孤身听此低咽,在一个最深
也可能是最无聊的刻度之上

风从何处来
风送走很多
并无一物需要在此扎根
想想山外,已是蚕老枇杷黄
想想街头,人头攒动正形成荒漠

六

2022
樱桃树伐倒

去一个自然的容器中
说出无名者的苦痛……

七

无内附之心,不可行幽冥之举
成年的案牍劳形
抵不上这一小块剖面的沁凉

此沁凉依然可切成更薄更轻的胶片
像来自回忆的淡影
堵在毛孔上——
仿佛一转身就能
看见弓着腰拍栏杆大笑的那两个人:
两个背黄挎包的穷学生
桥洞中,空气在颤抖
……距上一次来贵州
三十年已逝。那些在洞中夜游的

日子,每一阵风都很新鲜
时空的虫洞每一个都醒着
仍在我们栖居的
语言中,等待着被穿透

2022

风七首

风

薇依的书中布满"应当"二字
她是飞蛾,翅膀就是被这两个字
烧焦的
她留在世上的每粒骨灰都灼热无匹
弘一则大为不同:为了灰烬的清凉
他终生在作激越的演习……

有的病嵌入人的一生,从未有
痊愈的一刻。有的只是偶尔来访
像一场夜雨,淅淅沥沥
遇到什么,就浸入什么
与躯壳若即若离一会儿
我写过一首诗,题目就叫以病为师

病中的日子似睡似醒
在摇椅上,倾听灌满小院的秋风
——翻翻薇依,又翻翻弘一

像在做一种艰难的抉择。整个八月,
我有个更为涣散的自己
一个弱了下来,持续减速的自己
一个对破壁仅作"试试看"的自己

风

坐火车穿过蚌(埠)宿(州)一线
向着豫东、鲁西南敞开的千里沃野
地图上一小块扇形区域
哺育生民数以亿计

高铁车窗外圆月高悬
圆月即是
他人之苦
是众人之苦的总和,所有的……

秋天的田野空下来
豆荚低伏,裂开,种子入地
黝黑平原深处,埋着犯人
路上,新嫁娘不紧不慢
在摩托车队中……上辈子在骡队中
她并不完全懂得自己要
担负的三样(或是一样)东西:
追溯、繁衍和遗传——

高铁车窗外秋风阵阵
我一直纳闷，在此无限丰饶之上
那么多的生死、战乱、迁徙、旱灾
那么深的喂养、生育、哭泣
那么隐秘的誓言、诅咒、托付……
最终去了哪里，都变成了什么
为何在这大风中，在这块土地上
三百余年没有产生哪怕是
一行，可以永生的诗句

风

"那些年，围墙的铁丝网上
蹲着成排成排的麻雀
淋雨了也不飞走
不管它们挨得有多近
我只记得，那抹不掉的孤儿气息"

后来你告诉我，世上
还有更干净的麻雀
更失落的，铁丝网

风

失明了，会有更深的透视出现
失忆了直接化身为一阵风

穿林而至的长风,正送来蝉鸣

蝉是怎样走上树冠的?
闷热中泻下这蝉声如瀑
这声音如此整齐:
并不存在谁先孤鸣
其余的醒悟了再去响应

原来我在林间这么久了
发觉自己在最激烈
的嘶鸣中
也能酣然入睡
林子里,三三两两的老者入眠
仿佛衰老足以吸干周边的一切
或者这世上所有声嘶力竭的
容器,原本都是空心的

不可理喻的静谧包裹着我
风从光影斑驳中徒然吹去
我看不见,记不起,说不出

我在我的硬壳中睡着了
没有一丝一毫的溢出

风

在树梢倏忽而生的
旋涡上,看见风的身体

去年我从木窗裂缝中,能闻出
鼠尾草和青蒿
捆在一起焚烧的气味
今年嗅觉真是衰减了不少

但防疫区的消毒水仍清晰可闻
风在气味中现身
也在夜雨从
瓦脊踩过的猫爪上现身
美国宇航局懂得极度压力之下,风的
叙事本能……他们从宇宙深处捕捉到了
风扑击黑洞的声音

那是风与虚无的搏击之声
听上去并非"呜呜"
而是"噗噗"——
有点像笨重木槌,砸在
榨干了水分的萝卜堆上的声音

我少年时最熟悉的还有

风耐心捋直炊烟的,催眠曲般
也是安魂曲般的声音
这些声音,是为几十年后

不同的心而准备的
这个时刻逼近了。我仿佛不是顺着这风
而是在风的每一根末梢神经上
走动,像一个虚词进入
一首诗并与别的词连续又轻微地撞击

风

蝶与鹤:在希腊语和
意大利语中
也可译成"蝴蝶与起重机"。
四川外国语大学的陈英教授,这是否
意味着不同语种之间
物,常有一种神秘迁移
但错觉又令诗别开生面?

蝴蝶在虚无中将耗尽体能
在汉语中,她更像一笔遗产
而起重机浅酱色的
大块肌肉
在朝天门码头上正懵懂地滚动
(川外,为何坐落在多雾的重庆……)

词，吞噬着物之形象
蝶的轻舞，鹤的远遁
只有等到起重机在另一种
语言中生锈了，才能真的安静下来
诗须向伟大的错觉行个注目礼

对江边的孩子来说
刚出茧的幼蝶，也太古老了
没人知道风将吹来什么
今天，我只想写首诗来降低欲望

风

剖开当年树影，吹我襁褓的
父亲临终前，吹他额上青筋的
扑面而来的
和，弃我远去的
会不会是同一阵轻风？
战栗与遗忘等量
湖面，恰好正是桌面

你说此处空无，
它却是雪中狮子骑来看
你说时光中牢底坐穿，它又是
寂寂无来由的病树著红花……
什么样的一种重力，在那风里？

让水上生了涟漪
而风自身的皱褶却无人可见

每日从第一页跋涉至最终一页
算不算个远行人?
当远行者归来，原有的水位不再
关了灯即是满头满脑大风雪
我的隐晦，我的隐匿
难道不是历史的一种?
请把聚光灯调亮些，这首诗的
最后一个字上并没有结束的气息

2022

霜降七段:过古临涣忆嵇康

1

逃遁:多么显赫的文学史主题! 凭什么
到了这一代,变成嚼不烂又咽不下的残渣

……无处落笔。夜来读史
已无异于灯影中泄愤

连日焦虑。从孤悬于书房一隅
到一点一滴地渗透。终于它囫囵吞没了我

没日没夜在文字中追踪、挣扎。一直要
沉溺到,再记不起欲问候谁

2

霜降日该有点肃杀相吧
晨间却是,软绵绵一场秋雨

雨点若堆积，将埋掉什么
若冲刷又会洗掉什么

杜甫当年苦逼又木讷
在夔门写过

秉性不改又当如何……这点儿落叶、积水
不足让我乘槎浮于海

只痛惜人人体内虽有深渊
本时代的脚印却踩不上

3

中午在小区木樨道中散步
斜刺里，一只老猫

向我走来……它瘦削过度
小脸庞像临终的索菲娅·罗兰

它的肮脏、嶙峋、外祖母式自尊心和
阴阳怪气，我找不到任何一物可来比拟

它挑衅一般径直走来。如果我
原地老去，我将无端端失败

——它或许是个幻觉。如果我
此刻后退一步,在某个漫不经心的

瞬间我可能会
收到一个礼物:

一个不进化物种,投向
淆乱人世的深长蔑视

4

下午。在沙发酣睡多时
妻子将激越鼾声录了下来

播放给我听,不由得哑然失笑
捡起书重读,恰好是亚当·斯密的

一句:"屠夫、酿酒商、面包师提供
食品,绝非出于仁慈而是攫取利润"

那么,在镜中建乌托邦的
在烈焰中扎稻草人的……人,想攫取什么

瓦砾。蝼蚁。竹林
久远。废墟。道路

5

街心花坛的嵇康。大理石的身体
拥有大理石的思想,沉入自身暮色

隔绝:与每一个人,每一天……
与噪声中的车水马龙

非关速朽或是不朽
隔绝依然是,古老对话的一种

没有一种胶水可以黏合我们
我活着而他没有汗腺

6

"历史的全部真相不能抗衡任何
具体的事件",这话,谁说的……

隧道昏暗而凿痕清晰
化石亿万载而牙印清晰

无论是密涅瓦的猫头鹰还是
富春江上渔樵……身体中水位清晰

室内。盥洗间马桶的波纹
连通着神秘的江河水

我衰弱的神经
结成轻霜。在夜间台阶上

7

斗室之中进退失据
视线在瓶中水结冰过程中变得

又干又硬。一颗心在瓶子密封与
冰块迸裂之中游移不定……不幸的是

我们一身兼起了双方的命运
历史的花枝晃动

墨痕饱蘸了泪痕就能
穿透纸背？ 其实

依然不能
烟花和苦海，仍在各自表达

2022

了忽焉 ①

——题曹操宗族墓的八块砖

"作苦心丸" ②

并不存在诗的实体。
好在我从不沮丧
世上有忧愁公主,则必有解忧公主

壬寅年春末。我是烧制墓室砖块的窑工
手持泡桐枯枝在
未干的砖坯写下
断断续续的字句

---

① 自 20 世纪 70 年代始,曹操(155—220)故里安徽省亳州市文物管理机构对十余座东汉墓葬进行了发掘清理,发现了曹操祖父曹腾墓、父亲曹嵩墓等宗族墓群。该墓群位于现亳州市魏武大道两侧,占地约十万平方米。墓群清理出六百多块刻有文字的墓砖。据考,砖上文字系造砖工人在砖坯未干之前,用细枝刻写而成。本诗的主标题"了忽焉"及分节标题"作苦心丸""涧蝗所中不得自废也""欲得""亟持枝""沐疾""顷不相见""勉力讽诵",即取自砖上的文字。

② 曹操宗族墓董园村一号墓十七号字砖,长条形,长 24.1 厘米,宽 12 厘米,厚 4.5 厘米,在其绳纹面纵向刻字"作苦心丸"。

给了这黏土以汗腺与喘息

又掷断砖废瓦于旷野
弃之不顾的遗物,伴随着野花之美
我不确知谁将埋在这里
也不知这碎片
能否凝成一首献给不死者的诗……
当陌上长针刺透巨墓,我深知
诗以它此刻的空空如也为体

贫瘠落日坠于西坡
今日风止,它浑圆、阒静
所以下沉更快

我被世间稀有的权杖压在这里
跟涡河①之畔的野蒿、雏菊
蝼蚁、蛆虫、蟋蟀们在一起……
诗以这秘不能言的下沉为体

人群中人的孤独哪里值得一说
兵荒马乱的
驿站、码头

---

① 本诗中多次出现的涡河,是流经亳州的主要河流。涡河是淮河第二大支流,流经河南、安徽多地。涡河流域哺育了老子、庄子、曹操、嵇康等众多历史人物。

人世的冷漠煮得我双颊滚烫

小米粥稀淡眩晕，喝着喝着，就把我干翻了

入暮的旃檀、皂角、旧亭台像褶皱层层老去

当年我从赤壁

拖着断腿爬回小黄村

这镜中的风物哺育我

没有人知道我是谁

我忘记自己姓名好多年了

诗，愿以这古老的无名为体

持久逼视的瞬间花萼，和

匆匆一瞥的风烟万里

今年我已是五旬人，内心的蜂窝结构

一小块一小块规则的

空洞叠加在一起

酿出苦心丸和蜜

"了忽焉"

公元 196 年。寡言的汉献帝①从

棉套中人、木套中人，成为铁套中人……

---

① 汉献帝刘协（181—234），东汉最后一位皇帝。公元 196 年，曹操控制刘协，挟天子以令诸侯。

他抵御危机的唯一方法是装聋作哑
失眠,就开窗
吮吸春风中汹涌的花香

记得谯城①养蜂人曾告知一个
秘密:在蜂针的连续凿击之下
一株柔弱白豌豆花儿
会裂变成四万万个悬浮的粒子

越分裂,就越芬芳——我们
活在一个微观的、以花香为补丁的

世界上……涿州水患、巨鹿蝗灾之后
蓬蒿人以蓬蒿苦丈量着世界
开窗,捕获流星疾坠的力量感
开门,不知来处的光泻了一地

光线像权力的雪崩无休无止——
而历史总败于乌合之众
在勒痕深深的井栏他走了一圈又一圈
发黄竹简上乌托邦更远

---

① 即今安徽省亳州市谯城区,有 3700 余年历史,是道家思想和道教文化发源地之一,曹操及名医华佗故里,另有"药都"之称,是全球最大的中药材集散中心和价格形成中心。

四万万匹隐蔽的纸马和
一种模糊的运气……至暗时刻,一个弱者
的哭泣也能抵达生命意志的深处。他忽地
寄望于若有若无
这些花香的粒子

只要有一粒不灭,就必有一双
后世的手在风中神秘挖掘着它——

而历史依然是,无形人穿无形衣
他忍不住在
砖上刻下
"了忽焉"三个字来放大这种恍惚

夜间下了场小雨
青石压着一粒种子
东风送来两张痛苦面孔:"我是电光火石上
晦涩的汉献帝,
也是一根
　　拨火棍捅破了混沌的老窑工"

"涧蝗所中不得自废也"

一日之喷吐,不足一日之所需:
——是饥饿感,
令世上蝴蝶通体斑斓

我的肚子可能是人间最暗黑的深渊
一个声音总在告诫我：你
填不满它。难挨之时，我就去淮水边看蝶
是这些瞬息的造影

劫持了我兴奋的大脑皮层：
它似枯叶疾转，它似钻石眦裂
它似指尖旋舞的番石榴花……
蝶影重重，千锤百炼
只当稀疏雨点突袭，蝶身破灭
我才知舞动的不过是饥饿这个词与
淮水泡沫的无尽交织
蝶之幻相，蝶之实有
我们在两头皆会迷失

……那么，蝴蝶吃些什么？
满树淡紫色、倒钟形垂挂的泡桐花像
一张张嘴空悬在傍晚的闷热中
时至汉末，蝴蝶惊觉世间再无可泣之人
——国中人口锐减七成
《后汉书》说："人相食啖，白骨委积"
蝶中的战死者、饿死者、病死者连绵
更多年轻生命自诩为最后一代
思乡病、霍乱和结核病流行
空心村里，坐满湿漉漉的空心人
但铸造不朽者墓室

的工程,仍在日夜赶工

另一个声音告诫我:不要让蝴蝶
飞过烧制墓砖的黏土地
否则地下宫殿会坍塌……不要在
流星之下生火否则
旷野的风会渗入存放骸骨的密室。
"我深知令万物碎为齑粉的
不是铁杵而是这
广漠吹拂、无限磨损的微风"——

风的旋涡犹似密语
激越的饥饿感,让我通体斑斓
在炉灰中我告诉自己
自我毁弃有着最通神的一面
千年之后我将被有心人读出

需要多少暗示,蝴蝶才成为蝴蝶
我因刻下几个莫名其妙的字而不死吗?

"欲得"

风:透明的旋转木马
涡河坚冰上留着麋鹿足印
在被冻结的寂静人世中
阐释之心不可得——

我曾是孤儿,战士,折柳人
也曾在半山寺削发为僧
月色中我扫着庭院
于一层洁净中找寻另一层洁净
众我纷纭。过来人之心不可得

一个我,因时空的位移而成众我
柳之为柳,榆之为榆,界线清晰
我想在别人言说的地方止步
但内心声音撞击我:止步之心不可得

再清楚不过地知道了
我烧制的砖块不能建凌烟阁
只能铺在又黑又冷的最底层
低下头。社稷崩坏而繁星在天
繁星犹如疗愈,但疗愈之心不可得

是目盲之于五色
是耳聋,之于律音
多少个我牺牲掉,只剩这一个跋涉到了这里
工棚里,白日梦一场接着一场
菩提树下淋漓一哭之心不可得……

"顷不相见"

出村,在荒野中漫无目的走动

夏季洪水也在这里流动
不归于河道，不注入任何容器
在沙地，手绘出一种泛滥形象
"远离什么"和"成为什么"正
紧迫地凝结成同一个问题
有时，手绘出另一个形象：
落日下，一身泥浆的丧家犬

偶尔，去见几个老朋友
喜欢他们日渐加重的迟钝、无语
一堆白头人
围着一张空桌子

去见你时
不再要铜雀春风的流畅
也不会再为黑髻高挽
的美而颤抖
常梦见你从一身污水中立起身来
愿我到达时，你已接近枯萎

过河，爱它的浑浊
快流不动了的样子
一个衰老的、口齿不清的声音伏在
我肩上说：
你来了吗？ 来了就好——

《广陵散》①不为任何耳朵而备下
过古寺,站在它门外
这枯松三两棵是
怎样与失去屋顶的寺院浑然一体的

我从不需要悲伤来过滤这具身体
缄默所容纳的,也会越来越多
而人,为何总是
向往无人之境
那一无所见的凝望,在哪里?

"亟持枝"

出土的墓砖躺在博物馆的
聚光灯下。二千余年从无
光线的触碰
而此时几束强光整日炙烤着它
陈列品:一个奇怪的词
展厅内,有人费力猜测砖上铭文
更多的人心不在焉,他们宁愿
在手机上刷刷薛定谔的猫和元宇宙动漫

这是一场叠加态的聚会。风吹水上书

---

① 嵇康(224—263)所作高难度古琴曲。据传,他死后少有人弹。嵇康是曹操的曾孙女婿。

有人临摹梦境写成《洛神赋》①
也有人在大漠中孤筏重洋，写出了
《摩托车修理与禅》②

难道"无良媒之接欢兮，托微波
而通辞"，和"修理坏摩托车，需要充足的
心灵准备"，说的是两个意思？
多少语种不得不凝神于此：
世上，幽玄的轰鸣历来

只有一种……若想废去的机轮
重新启动，必须不断添加幻觉的油料
像蚂蚁举灯，布下虚无大面积的影子……
窗外。戴草帽的老人正弯腰拔草
而实验室的
冷气机恒定于魔幻的摄氏 26 度

种族、制度、治理

---

① 曹操之子曹植所作辞赋。曹植虚构了自己与绝世美人洛神奇妙邂逅、彼此倾慕，最后又因人神殊途而诀别伤怀的故事。洛神，乃上古时代帝王宓羲氏之女溺于洛水死后的化身，又称宓妃。
② 美国作家罗伯特·M.波西格（1928—2017）的长篇小说，出版于 1974 年。小说记述了作者在禅修式游历中对自我救赎的深入思考，曾被《时代周刊》评为 20 世纪 70 年代最有影响力的十本书之一。

泉水、沙粒、迷雾……

低空飞行器在嘈杂街道安静盘旋
桦树楝树野葛藤,在水边安静生长
爱因斯坦讲的
钟慢、尺缩效应
又是些什么意思?
我把不能理会的皆归于一类

哪一年的月色,哪一条路?
咦,佛祖东来无别意
一庭碧树浑似痴心人①

"沐疾"

你一身翠绿绸衫过桥来
五月底,肥硕的薄荷叶榨汁
染出了这绿袖子
脚下,桥的空洞。灰头鸭群
以明净又快活的河面为舞台

一具有花有刺的

---

① 此两句化用北宋诗人汾阳昭善禅师创作的《西来意颂》中"佛祖西来意,庭前柏树子"之境。昭善禅师的诗依"庭前柏树"的禅宗公案而写。

身体移动

从步态看,薄衫中立着一柄利刃

白日里,为何有

……这柄利刃? 说到底

妇人之美都是防御性的,而这个时代的

审美积习是愈颓废

发髻就梳理得愈是齐整

太多的恍惚从过桥时

一阵风,将你头发吹乱开始——

翠衫可以从一侧胛骨滑落

在寂寞春深的桌底下我

可以分开你的双腿……

夹着一两片白羽的

光线从窗口射了进来

我在暗夜暗室中吮吸

几缕簇新月光贴在额上

人世的长坡厚雪令我欲望大炽

有时候,情况不全是这样

"《广陵散》于今绝矣"……你轻轻上楼

推门进来

关上门,又警惕地探头到窗外看看

一个无端端的梦躺在那里

时空涟漪中,绿袖子闪过

比薄雾对涡河水的轻拂

还要轻。你进来,在竹椅上

又坐了一会儿

枕上黄粱依然未熟

你在我空床头,放上

几枚,嵇康的小白杏

"勉力讽诵"

春日。驱离,封禁,流放,造就恐惧之美。

压制的情绪依次呈点状,线状,雾状……

我知道恐惧除了是它自身,什么也不是

什么也没有剩下,只有意志的

狱卒在我脑神经中

骑着一匹白马逡巡

要不要感谢恐惧令我生出了双翼?

整日里,我心无旁骛整理着

他们认为并不存在的鳞片

(出土编号18,黏土砖,楔形,

长24.1厘米,宽12厘米,厚4.5厘米。

绳纹面上纵向刻写。

铭文曰:"勉力讽诵")

讥何物？ 我的白苎麻衣领子洁净
我的双腕、脚踝洁净
它们为何如此惊心地洁净呢？
夜间。我空虚、上涨的鳞片
依次席卷涡河、茨河和淮水

通往洛阳的大道笔直、麻木
刺穿空城的棉签冒着腥气
蛊惑正蓬勃，捍卫却昏昏欲睡
沿途的批判现实主义只
剩下纯黑遮羞的小短裙

（出土编号34，火烧砖，断裂。
长30.5厘米，宽14.5厘米，厚5.5厘米。
残存铭文曰："当奈何"）

人对自身的忠诚深如大壑？
未必。我开口不能，闭口也不能
垒一座臆想的寺院何其难也
让自己平静下来，何其难也
我试图以摧毁自身达成某种自由

诵的耻辱仅存半壁。悲剧的超出
是因为我们忘记了还有一柄
利斧，叫作历史的清算——

诵的春风，正贴近无望的炉火

我在壬寅年最后一砖上写下"将炽"①二字

2023.8

---

① 曹操宗族墓中曹氏孤堆北一号墓中出土编号为"五"的文字砖，长条形，砖残缺，残长11厘米，宽14.5厘米，仅存的两个刻字为"将炽"。

羸弱之时

立窗前凝望夜空的烟花绽放
人在羸弱之时
更易为光与色的裂变而出神
有人注意到，绽放之后的虚无感加重

烟花将所有深埋的
眼睛吸引到了半空
没有人出声而孩子们走失
没有人默祷而老人们结伴死去
稀疏的冬雨，脸上的泥迹，文字的
蝼蚁
时而被猛地一下子照亮
镀上全不属于它们的奇异色彩

冬雨、墙角……我们
拥有觉醒的知识，但远非觉醒的主体
如此绽放，恰在我羸弱之时
怎样去理解生命中不变的东西？

2023

旧宇新寰

啄破一粒草籽即窥见一个新的宇宙
我白头蓄积的过往,也填不满它
幸运的是,我还能听清把我吹落的风声
破壳的万千草籽赤裸着,在风中交谈
以这么自然的方式退出一个旧的世界……

2023

理想国

有一只或一群小鸟，日复一日、年复一年地，
在我书房的窗玻璃上扑腾，激烈地啄食。
它们遗下的唾液变干、发白、堆积，
我用高压水枪冲刷也难以洗净。
而钢化玻璃如此乏味、坚硬，
又有什么神秘之味回馈给它们？
我曾百思不得其解，小鸟
为何徒耗生命又永不言歇……
今天走到书房之外，站在小鸟角度，只一眼，
迷雾霎时烟消云散。原来玻璃中印着树之虚影，
远比它身后的真实绿树更为婆娑动人。
下午三点多，光线斜射，楼台层叠。
这虚影亦为理想国，
人皆迷失，况弱鸟乎？
我不需要什么顿悟。我只举步来到了另一侧。

2023

在震耳欲聋的噪声中席地而坐

没有噪声,就没有水仙……

夜里。水仙花开了,一座无声的
世界
更像是一座被消声的世界

耳蜗仍时时发热,那些训诫声
呼救声低泣声……贮存在每一根神经里。当雨滴

滑下小区灌木和防疫棚
排队的少女只露出一双眼睛
黑瞳仁,悬停在冰冷又透彻的深水中

在水仙花的超低音中我席地而坐
听见体内凹槽中
残存着
有人夜半砸锁的砰砰声

冬夜锁孔里安放着
永不为人知的远处

"……我只想出去。"锁柄上,血迹像青黑的
几分钟后就要熟透的浆果

在持续低烧的
人的呓语之侧
在一切果实之中,而非这些果实之外,我
听见无数榨汁机抑制而接续的轰鸣
"只此一种,足以
让当代史震耳欲聋"

            2023

退烧药

今晚我的肩胛骨和多巴胺想写少年诗
而磨破的鞋底,只想写一首老来诗

少年人应当活在退烧药片中
他成长,知道了形象的蜜蜂与形体的
蜜蜂,嗡嗡的,回不到同一个蜂巢里
而苹果和苹果树,究竟谁
又活在谁的体内?
少年人的懵懂和分裂,今夜各得其趣
而暮年诗,终需一点可怜的狡黠:
他,是一只刚钻出沙子的灰鼬
将所见与所欲混为一体
只想以鞋底的沙子:这单一的

知觉来回报世界——
与自体之内的少年分享一粒退烧药
爱上一个肌肤正急遽升温的女人

2023

内在旋律

旷野发出呼唤恰在它灰蒙蒙的时刻
它灰蒙蒙的,没有一点内在的旋律
只有泥和水的内外如一

不规则的沟渠被坚冰冻住了
枯草在上面形成奇特的花纹
或许这并非是对人的召唤
无人知晓,物化、庸碌的人生之梦究竟有多长

人的世界欲两两相知
就得相互磨损
在皮开肉绽之中融入爱与被爱的经验

此刻想赤脚深深扎入泥泞
而坚冰将我们拒绝于外

旷野灰蒙蒙的。只有磨损
没有接纳
只有岑寂的敞开,没有一点点内在的旋律

2023

空驳船

河面你看到多少泡沫
就有等量的
泡沫,在上一秒已破灭掉
无法猜测欲望与人性经过
许多年的淬炼,将生出什么样的根和芽

河上有空驳船,吃水很浅,一片片的
风往哪边吹着
船舷就往哪边不停地浮动
没人能从那上面卸下什么

我无端端想高喊一嗓子
又深觉没有什么需要宣泄
想起本雅明在谈论布莱希特时
曾说:"深处,根本不会让你抵达
任何地方。深处是一个脱离的维度,
它懂得它自己体内,
并无一物是可见的。"

2023

孤月图鉴

松上月,沟渠中月,井底月……
在城里我已多年没见了
月亮的亿万分身,没有一个让人焦灼
最沉闷的物种,只有我们

小时候,我推门,月亮进门
小院月,小镇月,黑松林
之月,闷罐车之月……
万籁俱寂,骑自行车二十分钟
万般挣扎,又浑然不觉
它如痴如醉荡漾着的样子
我已经多年没见了

今日之我怎么可能从
昨日之我中,生长出来
我只是在那儿不寐过,动荡过,失踪过
它又怎么可能,只是一个板结的
发光体,一座光的废墟?

从什么时候起,它的浓度

被稀释了,歇斯底里的消磨开始了
牺牲者的面容显现了……今夜它
仿佛只是由这些具体的

轻度的、我能数得出口的创伤构成
它在碑顶,在井底,在舌尖
但没人再相信它
可以无畏地照临

薇依临终时曾指月喃喃:
"瞧,不可蚀的核心,还在。"
而今夜,我笃定、伴狂
同时驱动,炽烈与清凉这两具旧引擎

2023

翡 翠

……右后腿被什么压断了
她挣扎着爬出草丛的一瞬
我看见爸爸晚年
右身瘫痪
在桃树下,练习走路的样子
他去世十五年了

而她来世上不足一周吧?
从母胎带出的腥气,在午后
的暑气蒸腾中散着恶臭
伤口上蝇虫飞舞
她奄奄一息地喵了一声,爬向我

三个多月后
她肥壮、洁净、慵懒
不愿多看我一眼
我喂她,总想着体内有
什么
来分享这一小勺儿
我一遍又一遍俯下身喊她:

翡翠，翡翠——

（我们在翡翠湖边相遇
她理所当然配得上这名字）

就这样，父亲到了一只猫体内
她和他
总喜欢这么拖着右腿
偶尔对视，我会打个寒战
"这来自银河系尽头之外的
眼神。那虚无部分，是些什么"
桃枝已从那手中松开，恢复了原样
爸爸，你学会走路了吗……新月正升起

2024

现象是有限的光源

晨起,绕着湖水跑步
湖水清冽,更深地浸入。
一棵枯树,在轻霜中放射着光泽
一声鸟鸣,在听觉和视觉上留下双重的划痕
一阵风过——哪怕
是微风一缕,宇宙的秩序也随之变化
位置、角度、情绪的样本,每个瞬间都在转换
更何况一个词、一些句子、一种
空白,在内心大汗淋漓的运动……
我的心如此敏感,怎么办?
一颗过于敏感的心,又怎样做到大无畏呢
"现象喂给我们什么,
我们就吃什么"的生活显然垮塌了
——怎么办?
五十岁以后,渐渐懂得逝去之物
顺着崩散的光线,跑向有限的光源

2024

邵洵美①的饭局

文学的名利场是一个巨大的口袋
更多时刻，也是个空的口袋
但敏锐的利爪，从中探出黯淡的
或是，夺目的宝石
晦明多变的欲望小周天由此衍生

1933年2月17日，文学的强磁场
绕着功德林餐厅的
一盘清炒芥蓝在缓缓旋转
桌边依次端坐萧伯纳②、宋庆龄、蔡元培
林语堂、鲁迅……
想想看，这些人
他们的不凡，他们的锐眼

次月，鲁迅、瞿秋白合著的
《萧伯纳在上海》单行本就上市了
仅有八小时的闪电之行轰动海内

---

① 邵洵美（1906—1968），浙江余姚人，新月派诗人，翻译家。
② 萧伯纳（1856—1950），爱尔兰剧作家，1925年诺贝尔文学奖获得者。

其时沪郊硝烟未散
但痛苦的聚会，又何妨来点歌声？
纵议时弊，救亡图存
也得先吃饱肚子
且举杯，吞下……且将自己从
人性的光影交织中解放片刻

但听过这歌声、目睹这光影的人
不能从历史的尘烟中自拔——
1961年，上海提篮桥监狱
被哮喘病折磨得像个稻草人的
邵洵美，哀求年轻一点的
狱友贾植芳①：
宴请萧伯纳，"上海大小报纸的报道，
从未提到我的名字
望你出狱后，撰文声明一下
纠正记载上的失误
那我就死而瞑目了"
功德林之宴，"46块银圆，是我请的客"

2024

---

① 贾植芳（1915—2008），山西襄汾人，作家、翻译家，中国比较文学学科奠基人之一。本诗引文均出自他的著作《狱里狱外》。

钢铁疲劳

下午在一家破产公司的墙上
看到一个词：
"钢铁疲劳"

心里止不住反复念叨这个词
夜半失眠，盯着栏杆的锈迹
听着远处高铁隐隐的轰鸣声——突然地
有一阵莫名其妙的
巨大释放，浸透全身
一次远行正刺穿终点，哐当、哐当的老式车厢
失控滑向荒野和月亮的深处，在旧铁轨上
摸到一种我完全不认识的忍耐、泪水、心跳……

2024

王维与李白为何老死不相往来

世界将以哪一种方式结束?
已从灰烬中捕获清凉的人
怎么会喜欢
依然骑在光线上的人——
敬亭山、郁轮袍,都只是精致的面具

如何咽下,这夜色中的星星点点……
两个低烧的诗人为何
非得去敲对方的门?
对话,时而连乌有乡的墙壁都听不见
更何况,隔绝带来的美妙
二十一世纪的中国,已没几个人能懂

肩并肩,紧挨着站在我的书架上
但也像两个盲人
一碰就碎的
泛黄的书页
令人心碎的诗的壮烈远景……

安静飞往体内的苦寒之地

我们共同的面相,只能是孤立无援

2024

云　游

寒流之后
真正的冬天的树来了
干干净净，一动不动，带着苦味
我头顶的枝上，一只灰鸟站着
我脚下的枝上，一条小鱼睡着
中间泥巴路板结，渠水明澈见底
是同一棵树
默默分身于我的两侧
都干干净净，一动不动，带着苦味
更多深渊之上，也一定曾映出另一个我
脱身云游去了……
我愿他抛名弃姓，翻山越岭，一去不回
灰鸟和小鱼的硬壳中如果
有什么仍是醒着的
愿他们以此刻的我、长椅上的我为参照
来确认一下，这是不是个虚无的世界

2024

癸卯年腊月记事

月光从窗户烂掉的部分漏进来
月光的照临,只有入口
没有出口
有幽灵的乡村是慢慢耗尽的

"一个生命,怎么可能一下子就
没有了呢"……
我父亲的死亡曾长达十年
一点一滴地离开
到了最后,医生也不想再去拯救他
每年临近除夕,总有人在小桥头
在空了一半的菠菜地里
在井栏边,见到他
一句话也不说,但有脚印,有影子

"你住在城里,哪能理解这一切"
荒野月亮长着暖暖的羽毛
"而你顶上,是纸剪出来的,一枚假月亮"

"一个生命,怎么可能一下子就

回得来呢……"
我父亲的死亡曾长达十年
复活,也将是一点一滴的,需要更漫长的时光
我当然相信这死而复生的奇迹
但必须发生在恒久、淡漠的乡村风格之中

            2024

若缺书房[①]

一本书教我,脱尽习气,记不得是哪一本了。
一个人教我熟中求生,我清楚记得,在哪一页。
夜间,看着高大昏暗的书架,忽然心生悲凉:
多少人,脸上蒙着灰,在这书架上耗尽。而我,
也会在别人的书架上一身疲倦地慢慢耗尽。
有的书,常去摸一摸封面,再不打开。有的虽然
翻开了,不再推入每一扇门,去见尘埃中那个人。
听到轻微鼾声,谁和我紧挨着? 我们在各自的
身体中陷落更深,不再想去填平彼此的深壑。
冬天来了,院子里积雪反光,将书架照亮了一点。
更多的背面,蛛网暗织。在这儿幽邃纠缠的
因果关系,只能靠猜测才可解开,而我从不猜测。
昨天,在天柱山的缆车索道上,猛一下就明白了:
正是这放眼可见却永不登临的茫茫万重山,我知道
"它在"却永不浸入的无穷湖泊,构成世界的此刻。
哪怕不再踏入,不能穿透,"看见"在产生力量。
有时,我们要穷尽的,只是这"看见"的深度。

2024

[①] 若缺:作者书房之名。

优钵罗花①

在一个墙角
我看见头盖骨的积水中
长出一朵明黄色优钵罗花

头盖骨本来洁白,日炙风吹,变成了干硬的灰白
积水本来污浊,慢慢沉淀了,连底层渣滓都这么干净
几只蠓虫绕着花枝飞舞,留下几具遗体,浸在积水中
头盖骨中优钵罗,是这一刹那宇宙间最炽烈又
最柔弱的一朵小花

5月19日,十一位诗人在崔岗村②的
灰青瓦小院中饮酒打牌,激烈争辩……
初夏的玄思,将积水化作火焰
我们藐视? 是的,然后我们失去
互相嗅一嗅气味,才坐在这里
依然存在不计其数的平淡日子
其平淡,正修复我们所损毁的

---

① 即睡莲。
② 崔岗村位于合肥北郊,诗人罗亮、红土主理的雅歌诗院位于村内,为本地诗人的聚会之所。

也依然存在，单一信念下的漫长行走
其单一，将治愈我们所罹患的
但这一切，不来自任何一个静穆的别处
只发生在头盖骨中这一朵柔弱的优钵罗花的里面

2024

登燕子矶临江而作

下午四点多钟，登高俯瞰大江
今天是个细雨天
水和天
呈现统一又广漠的铅灰色
流逝一动不动
荒芜，是我唯一可以完整传承的东西

脚下山花欲燃，江上白鹭独翔
这荒芜，突然地有了刻度
它以一朵花的燃烧来深化自己……
江水的流逝一动不动
坐在山间石凳的，似是另一个我

诗人暮年，会成为全然忘我的动物。
他将以更激烈的方式理解历史
从荒芜中造出虚无的蝴蝶，并捕捉它

2024

云团恍惚

距离地球 67 亿公里的虚空之中
旅行者一号探测器曾接受人类的
最后一条指令:回望地球一眼,并
拍下一张照片。这一瞬后,它没入茫茫星际

我记得古老的一问一答:
"若一去不回?"
"便一去不回。"
也见过这张照片:状如一粟,行于沧海。云团恍惚
只有造物主能布下这么艰深的静谧……

世上有人如此珍爱这份静谧:
傅雷和朱梅馥上吊自尽时,担心踢翻
凳子,惊扰了楼下人的睡眠
就在地板铺上了厚厚一层旧棉被——
遗体火化,老保姆用一只旧塑料袋,装走了骨灰

我时常想,是谁在密室向旅行者一号
下达了指令? 将恒河沙,由无限减为一粒
又为了什么,有人竟炽烈到,以一床旧棉被

来焐热这颗孤寂的星球——
潮汐过后，一切在继续冷却

夜间，我常到附近的公园散步
每闻笙箫隐约，就站在那儿听
一直听着……直到露水把额头打湿了
宋人有诗云："不知君此曲，曾断几人肠。"

也许这世间本无笙箫，更无回望
埋掉我的，只是长风的一去不还
而湛然星空，又在谁的楼下？ 艰涩的
云团恍惚。生前，他为书房命名"疾风迅雨楼"①

2024

---

① 疾风迅雨楼：傅雷书房名号，位于上海市江苏路 284 弄 5 号其旧居内。

冷　杉

树冠和虬枝之美正被夜色吞没
巨大冷杉下面，此刻一无所有
我在这儿站多久了？
如此空洞，却又全不乏味
没什么需卸下，也无须去理解他人
我慢慢耗去表层的静谧
踩到再不沉降的物体之上
为什么一条路非得走到尽头？
这几株冷杉，仿佛正是目的
失眠时我想——当我缺席
会有别的谁站在那个空位上
他们是我激烈而稀有的同类
有了同类，这些年我睡得更沉

2025

鼋头渚鸟鸣读本

傍晚湖滨,鸟鸣边生边失
鸟鸣在空无中如果凝固
三秒它就是湖水的心跳

远处湖上,浮着几座青山
近处乌篷船晃动

灯火通明处向无一物
只有暗中的书写
在洗濯根须,洞穿密语,析出星群……

雨点般鸟鸣倾下。 白鹡鸰、翠鸟、灰翅浮鸥、
牛背鹭、红尾水鸲……我哪认得清这么多面目

每个物种应有自己的哭声
这浮世的鸟鸣中当有一哭——

我哪听得清这是哪一段倾诉?
不知来处、一无所系的哭声才最通透。

然而单一的声音无法满足我①
我们在无尽的词语的围困中

从永不可解的深喉发出声来
……耳膜被碾压,而后听见。
湖水正变暗。 铁幕落下。 路灯的光晕像漫长的致幻剂

2025

---

① 此句化用美国诗人查尔斯·西米克(Charles Simic, 1938—2023)的诗句。

陈先发文学年表

1967 年

农历十月初二生于安徽省桐城县孔城镇。

1985 年至 1989 年

在复旦大学读书，习诗。

1989 年底至 1993 年

早期代表作组诗《树枝不会折断》《与清风书》、长诗《狂飙》等相继被《诗歌报》及其改刊的《诗歌报月刊》和《花城》等推出。

1994 年

诗集《春天的死亡之书》由安徽文艺出版社出版。

2004 年

创作《丹青见》《前世》《鱼篓令》等短诗代表作。

2005 年

诗集《前世》由复旦大学出版社出版。

获"十月诗歌奖"。

2006 年

长篇小说《拉魂腔》由花城出版社出版。

在黄山黟县参加"东西方诗人对话会"和中英诗歌节首站活动。发表以"本土文化基因与诗歌写作"为题的即兴演说，该演讲文稿收入多种选集。

2007 年

在海南石梅湾领取"1986 年—2006 年中国十大新锐诗人"奖。

2008 年

创作《白头与过往》《你们、街道》《姚鼐》《口腔医院》四首长诗。

获"中国年度诗人"奖。

获"十月文学奖"。

被多家文学机构和刊物联合评选为"1998 年至 2008 年中国十大影响力诗人"。

2011 年

诗集《写碑之心》由长江文艺出版社出版。

获首届中国海南诗歌双年奖,参加"李少君、陈先发、雷平阳诗歌海南朗诵会"。

2012 年

合肥马克西姆餐厅举行"春日里——陈先发诗酒会"。

欧洲老牌文学刊物 *Europe* 介绍陈先发诗歌。

2013 年

获首届"袁可嘉诗歌奖"。

诗歌三十余首入选《中国新诗百年大典》(长江文艺出版社)。

2014 年

随笔集《黑池坝笔记》由时代出版集团出版。

《名作欣赏》等刊物组织何言宏教授等理论界人士专门研讨陈先发诗歌。

《人民文学》英文版推出陈先发专辑。

在合肥领衔主办"紫蓬雅歌——中秋国际诗会"。

获"归园雅集诗歌奖""三月三诗歌奖"等。

2015年

诗集《养鹤问题》在台湾出版繁体字版。

获"天问诗歌奖"。

获"中国桂冠诗歌奖"。

2016年

在四川遂宁领取《诗刊》年度奖暨陈子昂诗歌奖。

诗集《裂隙与巨眼》由作家出版社出版。

《人民文学》德文版、意大利文版推出陈先发诗歌专辑。

Europe 发表陈先发诗选英文版，法国网站推出陈先发诗选法文版。

当代中国诗歌论坛为"江南七子"（陈先发、杨键、胡弦、潘维、叶辉、庞培、张维）举办"江南七子：中国诗歌的最新转型"研讨会并出版合集。

获《安徽文学》奖。

2017年

获华语文学传媒大奖，在广东顺德领奖。

应邀参加香港国际诗歌节。英文版诗集《养鹤问题》由香港中文大学出版社出版。

诗合集《五人诗选》（陈先发、雷平阳、李少君、古马、潘维著）由华东师范大学出版社出版。《新五人诗选》（臧棣、张执浩、雷平阳、余怒、陈先发著）由花城出版社出版。

美国爱荷华大学文学交流杂志推出陈先发诗歌专辑。

诗集《九章》由安徽教育出版社出版。诗集《写碑之心》由安徽教育出版社再版。

安徽省文联、安徽省作协联合在合肥举办陈先发诗歌研讨会，李少君、霍俊明、何言宏、钱文亮、胡亮、许道军等评论家参与专题研讨。

2018 年

被湖北宜昌市政府授予诗歌大使称号。

获第七届鲁迅文学奖。

在复旦大学新生开学典礼作题为"不做空心人"的主题演讲。

应邀参加上海国际诗歌节并发表主题演讲。

作为主题诗人参加深圳第一朗读者活动，与日本诗人水田宗子同时获诗歌成就奖。

2019 年

《九章》中、英文双语版出版（梁枫译）。

英文版《中国十三人诗选》（谢炯译）在纽约出版。

为法国当代诗人杜耀德、勒梅尔、鲍秀里耶的中文版诗集《白日的颤栗》作序，题为《显在的，与潜在的》。

《陈先发诗选》由太白文艺出版社出版。

获安徽省社会科学奖（2013—2016）（政府奖）一等奖。

获聘安徽大学兼职教授。

2020 年

当选安徽省文联主席。

主持"科创之光——首届合肥天鹅湖诗会"和"量子时代的诗性表达"学术讨论会。

2021年

当选中国文联全国委员会委员、中国作协全国委员会委员。

应邀参加剑桥诗歌节。

获英国剑桥大学"银柳叶"奖。

诗合集《琥珀中的光》波兰语版在北京波兰驻华使馆首发。

《白头知匪集》由北岳文艺出版社出版。

《黑池坝笔记》（二集）、《黑池坝笔记》（一二集合装本）由安徽教育出版社出版。

诗集《巨石为冠》由太白文艺出版社出版。

2022年

当选中国作家协会诗歌委员会副主任。

获"屈原诗歌奖"。

获美国哥伦比亚大学春季诗奖。

《收获》杂志2022年3期在"明亮的星"栏目发表霍俊明长文《陈先发：谁见过能装下它的任何一种容器》及陈先发诗十首。

评论家草树专著《文明守夜人》论述当代十位代表性诗人，论陈先发专章题为《在冲淡与嶙峋之间》。

意大利文学杂志Menabo刊发研究文章《蝶与鹤：陈先发诗歌的古典意蕴探询》。

《若缺诗章》入选《扬子江文学评论》2022年度中国文学排行榜。

2023 年

英国文学杂志 acumen 1 月号刊登李海博士译的陈先发诗歌《孤峰》等。

由中国人民大学文艺思潮研究所和作家杂志社联合主办的"词的重力场：陈先发作品研讨会"8 月 8 日在广州举行。来自清华大学、北京大学、中国社会科学院等处的二十余位评论家、教授参加。

获"建安文学奖双年奖"。

长诗《了忽焉》完成。

获草堂诗歌奖年度诗人大奖。

12 月参加上海国际诗歌节，并受邀主持"诗歌创作与人工智能"国际诗人研讨会，诺贝尔文学奖得主索因卡、墨西哥诗人奎亚尔等十余国诗人参加。

2024 年

长诗《了忽焉》刊发于《十月》杂志第 1 期。

入选"2023 名人堂年度人文榜十大作家"。

《旧宇新寰》入选《扬子江文学评论》2023 年度中国文学排行榜。

"历史的耳语：陈先发长诗《了忽焉》研讨会"在北京举行，李敬泽、欧阳江河、敬文东、李舫、杨庆祥等参加。

法国伽利出版社（Gallimard）出版自《诗经》以来的汉语诗选《在诗歌的星空下》，法国诗人 Claude Tuduri 翻译的陈先发诗歌《两种谬误》被选入。本书出版后收到法国总统马克龙的贺信。

受邀赴浙江台州朵云书院参加活动，发表即兴演讲，后整理成文稿《黄岩说诗》并发表。

参加香港国际诗歌节活动。由北岛等主编的包括阿多尼斯、艾略特·温伯格、陈先发在内的中外十六人诗选《母语的边界》以中英两种文字由江苏凤凰文艺出版社出版。2024年10月6日晚陈先发邀请北岛及参加诗歌节活动的各位诗人共聚于上海百年欧式古建筑"应公馆"。

当选安徽省作家协会主席。

在杭州参加良渚论坛，与十一位阿拉伯国家诗人集体对话。

获"美术馆人文艺术奖"。

获"川观文学奖"，并赴成都领奖。

2025年

在《雨花》杂志开设散文与随笔专栏"一隅照"。

《了忽焉》入选《扬子江文学评论》2024年度中国文学排行榜，居诗歌榜榜首。

《扬子江文学评论》本年第一期"名家三棱镜"栏目刊发陈先发《黄岩说诗》一文及耿占春《恍惚之思其中有道——读陈先发近作札记》及草树《困境与蝶变——陈先发诗歌印象》两篇文章。

诗文集《破壁与神游》由广西师范大学出版社出版。

拉脱维亚语诗合集《郊外非尽头》出版。

获《星星》诗刊年度诗人奖，赴成都领奖。

诗集《碧水深涡——陈先发四十年诗选》由江苏凤凰文艺出版社出版。